朝が過去形でやってくる

朝起きたら、思わぬところにできものが出来ていることがある。就寝中に我が身に何が起こったのか？　しかし考えてみれば、できものは一晩で出来たのではなく、少しずつ進行していたものがついに表面に現れただけなのだ。現れた日の翌日くらいにピークに向かい、徐々に日をまたいで鎮静化していく。

朝起きたら、駐車場や隣家の屋根など見慣れた風景が白銀の世界に変わっていることがある。最悪の場合、地震で起こされるという朝もある。

朝起きたら、調子のいい日もある。なんとなく肌の調子がいい朝。なぜか髪型がいい感じに決まる朝。信号がずっと青の朝。テレビの星座占いもついでに一位だったりする。理由は明確ではないが、そうなる朝もやはりある。

歴史は夜に作られるというが、朝になったとき、すでに我が身や周辺で起こっている変化というものがある。

近年、停滞していたことが動き出したり、突然降って湧いたようなことが連続して起こった年があった。その予兆というか、予感はその前年の年末くらいから「出来事」として感じていた。これはスピリチュアルな話などではまったくなく、〈出来事の連続〉で「あ！」と思うしかなかったという話だ。

その流れで、東京にも行った。東京は、僕が二十代を丸々過ごした街。思えば、その頃の僕は人口の多い大都会にいたというのに、京都にいる今より圧倒的に狭い人間関係の中で生きていた。大都会とは、えてしてそういうものかもしれないけれど。

当時の職種も大きく関係しているが、職場ではプライベートを一緒に過ごすような友達は作らなかったし、私生活でも恋人と男友達一人のみ。その中でもいちばん話をして、どこかに行って、喧嘩をしたのは、当時の恋人（現在の妻）だ。

滅多に行かなかった都心の繁華街には、だいたい一人で行った。一日じゅう歩きまくって、帰りの電車では立ち続けて、最寄り駅から家路に着いた頃ようやく緊張も解けて、フラフラしながらトボトボ歩いた。

そんなとき、路地の砂利石を踏みながら、グルグル考え続けた。こんな日々に変化を与えるためには自分が変わるしかないのかなぁやっぱり、と面倒な気持ちを奮い立たせようとするのだが、翌朝には惰性がいつも勝った。

いくらもがいても状況が変わらないときは変わらない。変わるときは意思とは関係なく、勝手に動いていく。誕生や死や出会いや別れ。そうなる原因の種は、いい加減に生きれば生きるほどたくさん蒔かれるような気がする。トラブルという種ももちろんその中にはある。ふとした心の寄り道や魔が差す瞬間がその種の行方になっていく。

振り返ると、僕は魔が差しやすい部類なのだと思う。冗談とスリルがそこらに落ちていると割合、拾ってしまうことがある。そして、できもののような朝がやってくることがたまにある。

君はそれを認めたくないんだろう

山下賢二

TWO VIRGINS

目次

話したい話　01

写真＝山下賢二

帰る場所がないということ

色々な問題が重なって、しばらく一人で車上生活をしていた時期がある。そのときは元の場所に帰る可能性は低かった。気持ちとしては、押し出される感覚に反応し、自ら出てしまったかたちだ。最低限の荷物を車に放り込んで、自由というにはあまりにも不自由な毎日が始まった。しかし、空いた時間の使い方には自信があった。ドライブ、喫茶、古本、音楽、映画、その他。

芳醇な時間が突然やってきたのだ。いつか読もうと思っていたあの本、いつか観ようと思っていたあの映画、いつか行こうと思っていたあの場所。それらに片っ端から手をつけるつもりだった。が、勢いで車に積んだ本はいつも読んでいる本だったし、使えるお金も全然ないので新たに何かを買ったり、映画一本観たりするのも、結局はお金との相談になった。

なにより、衣食住である。衣は、さいわい暑い季節だったので最小限の荷物で済んだ。洗濯は一週間に一回、まとめてコインランドリーのお世話になった。食は、状況を誰にも話していないため、どうしても外食になった。もともと外食の多い食生活だったので、その回数とグレードを下げながら調整した。いちばんの問題は、住だった。毎日、暗くなってくると憂鬱になった。今晩はどこで寝ようか。

ほとんどは、二十四時間営業の某ビデオ店のガレージに車を停めて、夜を明かした。そこは二階が店舗となっており、一階のガレージ部分は建物の下になるので、朝のまぶしさを回避できた。しかし、いつも同じ車がそこにあるのも怪しいので、色々な場所を模索した。山の中、観光バス用の無料駐車場、たまにこっそり自分の店に侵入して泊まったりした。これは通勤ということがなくなるので便利だったが、気分が不便だった。誰かに見つかる可能性も高いからだ。

なぜかいちばん落ち着いたのは、トラック運転手たちが休憩や仮眠をとる施設の駐車場だ。一般車も停めることができるうえ、有料だが食堂と風呂が二十四時間使用できる。揚げたての唐揚げ定食が最高に美味しかった。夜中、誰もいないし誰も来ない脱衣所の壁一面の大きな鏡の前の丸椅子に素っ裸で座り、ドライヤーをかけていた。すべてどうにでもなれと強く思った。本当はその施設に宿泊もできるのだが、お金がもたないのでいつも駐車場の車の中で寝た。運転席の目の前には隣接しているラブホテルがあって、目覚めるといつもその光景があった。

難点は、自分の店からかなり遠いこと。そのために早起きしなければならない。といいつつも大体、朝六時には勝手に目が覚めた。熟睡などできるはずがない。ある朝、フロントガラスをドンドンと叩く強烈な雨の音に起こされたとき、「おれは一体ここでなにをしているんだろう?」

と悲しい気持ちで我に返ってしまった。一日のはじまりが怖くなった。

そんな時期に台湾に行く機会があった。実にティーンエイジャーのとき以来、約三十年ぶりの海外。台中はおおらかな街だった。車やバイクがビュンビュン行き交い、路上駐車の車が軒先に豪快に斜めに並んでいる。地元のいなたい商店街を過ぎると大きな公園があって、それを囲むように高級デパートやインディペンデントな店が共存している。夜の深い時間に人気のなくなったその公園を一人で歩いた。雨上がりのもやがかった不思議な場所だった。公園の中にトイレがあって、その手洗い場でこっそり洗濯しているホームレスの男性がいた。

「おれは一体ここでなにをしているんだろう?」と、その人もかつて思ったのかもしれない。

若い爪

台中の街を深夜一人で歩いていたとき、懐かしい感情が湧いた。何だろうと考えていたら、京都から横浜に家出した初日の感情に近かった。期待と不安と恐怖と自由がごちゃまぜの感情。あのときの僕は、京都からどこにも出たことのない十九歳（なりたて）で、知っていることはすべて〈知っているつもりのこと〉ばかりだった。なんでもタカをくくって、自分も大人の入口に立ち始めているのに大人を向こう側の人種と決めつけて口をきいていた。

大人たちの物語は単純ではないのに、想像力は自分の単純な物語にばかり向けられた。臆病で大胆な若さは、盲目な使命感にかられていつも行動した。根拠がないからこそ生まれる自信。ここではないどこかに思いを馳せる。あのときの僕は自分探しではなく自分試しをしたかったのだろう。自分はどんなもんか。どれだけのことができる奴なのか。結局いま思うのは、現実逃避に意味づけをして、単に親元から出たかっただけなのかもしれない。

令和の今、関西と関東の心理的な距離は大きく縮まったように思う。情報をフラットに世界中に提供できるインターネットという仕組みのおかげだろう。流行や地域情報は手元ですべて手に入る。実際、僕の子どもたちは関西と関東をまるでちょっと遠くの場所に行くくらいの感覚でいとも簡単に深夜バスで行き来している。昭和が平成になったばかりの頃に僕は家出を決行した。気合いが大きかった。故郷を捨てる覚悟だった。子どもたちからは「何をそんなにおおげさな」と思われるだろう。今より精神的田舎者が日本じゅうにたくさんいた。全国の若者のコンプレックスが繁華街で渦巻いていた。

当時はまだホームレスと娼婦が溢れていた川崎で僕は家出生活を始めた。「明日は一体どうしてるのだろう」と毎日漠然と感じながら過ごした。糸の切れた凧のような気分で、ガードマンの仕事をひたすらこなす。夜よりも朝に、家族と繋がっていないという状況を実感させられた。見知らぬ土地で見慣れない部屋で誰とも挨拶を交わさずに身支度をする朝の時間。目が覚めると、自分が選んだ不安な現実が現れた。帰る部屋は確保しているはずなのに、本当に帰っていない気分。地上で糸を持たれていない感覚は、自分の心の弱さとの闘いでもあった。不安を拭うために、思い出に目をつぶったりした。また万一、空から落ちてもしばらく拾ってくれる相手がいないことを思うと、孤独の真横を歩いているような気がした。

言葉は不自由だが、新しい環境の台湾でゼロから生きてみたいと昼間の元気なときに思った。しかし深夜の散歩中、ふとあのときの感覚が甦ったのだ。マゾヒスティックな気分になっていたのだろうか。現実逃避には変わりない。今回は自分試しでもなんでもない。試すことは、ガケ書房の創業でひとつの結果が得られたような気がする。

一人が好きだと言いながら、ふだん人に支えてもらっているからそれが言えているのだと、凧の糸が繋がっている今は思う。血の繋がりがあってもなくても、数年に一度しか会わなくても、この人とは繋がっていると、たとえ一方的にでも思えることは幸せだ。

入ってる君

見つかった昔のダンボール
昔の君はここに入ってる
知らない時間　忘れた習慣
やってきたこと　会ってきたひと
今の君と同じ顔した違う顔
その顔に　僕は僕を思い知る
君の大きさを　もう一度初めて知る
こんど君に会ったら
僕が知ってる君とまた肩を組むつもり
ダンボールに震えを封じ込めて

行けばわかるし

小学校高学年の頃、知らない道ばかりを選んで自転車で進み続けるという一人遊びをたまにしていた。ただでさえ方向音痴の僕が、行ったことのない道や面白そうな道ばかりをあてもなく進むというのは、ほとんど片道切符で旅に出るような危険行為だ。案の定、陽が落ちてきて薄暗くなってくると急に不安になり、通ってきた道を一生懸命思い出しながら、半泣き状態で自転車を漕いで、なんとかかんとかいつも帰っていた。

そういう行為は「好奇心」から来ていたのだろう。スリルを求めて手近な冒険をしてしまう。帰り道のことは行くときは考えていない。想像していた場所がその想像通りで妙に安心したり、また想像以上の場所に出くわして感動したりと、不思議なテンションの時間だった。

交差点とはよく言ったもので、その岐路には興奮と不安がいつも交わっていて、そのどれを選ぶかはその位置から見える道路の雰囲気のみで選んだ。気分によっては賑わっていそうな道を選び、逆に何もなさそうな道を選ぶ場合もある。そういうとき、自分がとても自由になっている気がした。気分次第という自由。社会の一員からはその瞬間、外れているかのような気まぐれ。

知らない街をどこまで行っても、同じような生活習慣で生きている人々がいる。現在、スマートフォンに視線を落としている人がどこの街に行ってもいるように、初めての風景なのに「勝手がわかっている」という安全圏内の未知の冒険。

同じ時期に親戚のおじさんと母親と低い山を登りに行ったことがあった。大人と比べて体重が軽いからか、二人を置いてどんどん先へと登っていった。ここでも悪い癖が出て、岐路が現れると例の感覚で進んでいった。途中で蛇と出くわしたりしたが、何かに取り憑かれたかのようにどんどん進んでいく。気がついたら、僕は崖っぷちに立っていた。さすがにこれはマズイと思ったときにはもう周りに誰もいない。またしても急に不安がこみあげてくる。急いで、来た道を思い出しながら下りていく僕。

ようやく登山客とすれ違い始めたとき、その人たちが僕にこう言った。

「さっき、君のこと、アナウンスされてたよ」

余計に焦り始める僕。ほとんど走りながら下りていく。まさかそんなことになっているとは。どれくらい駆け下りただろうか。遠くにおじさんと母の姿が見えたときの安堵感。おじさんは笑っていたが、母は激怒していた。

今でも知らない道のほうに惹かれることがある。この道を行ったら何を見られるんだろうか？

また、目的の場所に行った帰りは違う道を選んでしまう。バラエティーに富んだことが好きなのは自覚しているが、根が欲張りなのだと思う。

実際、二十歳の誕生日を横浜のアパートで一人で迎えたその日。僕は、それが人から見てたとえネガティブなことだとしても、あらゆる機会がやってきたならすべて経験してから死んでいこうと誓ったのだった。

これは反省文ではない

先日、三十年間の運転生活で初めて速度違反のカメラに撮られた。撮られた瞬間、感覚的に少し長めにピカッと光ったので「あ!」とすぐにわかった。しかし、それから待てど暮らせど、一向に通知ハガキが来ない。二週間を過ぎても何も音沙汰がないので、もしかして気のせいだったのか?と思い始めた。そして一応インターネットで調べてみると、たまにフィルムが入っていないことがあり、そのときは何も来ない場合があると書かれていた。まさかのレアケース? とぬか喜びしようとした瞬間、ハガキが届いた。

まずは、撮影された管轄の警察に行く。写真の本人確認をさせられる。なぜか当日着ていたシャツを指差され、「これは何ですか」と訊かれた。「シャツです」と答えると納得したようだった。そこで説明されたのは、あと二か所に行かないといけないということ。簡易裁判所と運転免許センターだ。

またハガキが来て裁判所に行く。コロナ対策なのかドアを開放しており、待合いの場所に検事と出頭者のやりとりが漏れ聞こえてくる。略式裁判なので、マンツーマンで机に向かい合って事実確認をするだけで終わるのだが、たまにそこで粘る人がいてそういう人のやりとりが漏れてくる。それが終わると、隣の窓口で罰金の支払いとなる。超過速度かそれとも累積得点の違いなのか、どうやら三通りの金額設定があるようだ。その金額は検事がその場で決める。自分は大中小のどの金額だろう。せいぜい中くらいかなと思っていたら、がっつり大を命じられた。

またしばらくしてハガキが来た。最後は教習所。こちらは違反者講習を受けるので丸一日かかる。しかし違反者講習テストを「優」判定でクリアすると、実質免停期間はこの一日だけに短縮される。実は講習を受けるまでは自由に車に乗ることができ、この講習を受けた日から免停は始まるのだ。

ここでもお金を払って、都合金額は結果的に結構なものになった。試験はなんとか「優」をもらうことができ、翌日から無事、自由の身となった。

僕はこの三十年間、模範ドライバーだったかというとまったく違う。むしろ、社会全体を舐めているようなドライバーだった。速度違反カメラの存在はもちろん認識していたものの、よっぽど飛ばさないと反応しない飾りのようなものだろうとどこかでタカをくくっていたし、あおりこそしないが、されるのが嫌いなので後ろの車の速度に合わせて走ったりしていた。

あれから僕は、法定速度が気になって仕方がない。え？　ここは五十キロ制限だったのかと再発見する道路が思ったより多く（一般道路は六十キロ制限が多い）、後ろや隣を走っていく車がいかに速度超過しているかが手に取るようにわかる。そういう車にはどんどん抜いてもらいたいので左側をひたすら走る。

高速道路ではその傾向がさらに顕著になる。八十キロで走る車は一部の長距離トラックと軽自動車のみで、あとはビュンビュン走っていく。つい先日まで僕はあちら側の住人だったが、もうあの面倒な手続きと高額な罰則金の支払いと一か月以上続く緊張感はこりごりだ。

八十キロで悠々と走っていると、追い越し車線をビュンビュン飛ばしていく運転手たちが子どもっぽく思えてくるから不思議だ。しかし、もっとも大きな収穫は、八十キロで高速道路を走るとまったく疲れないということだった。

先輩たちの足どり

歩くことが少し不自由そうな人を街で見かけると、その人が普通に歩けなくなったのを「自覚した」日を想像することがある。当たり前のように歩いていた自分がいなくなった日。スタスタと歩いていた頃は考えもしなかった基本動作。毎年経験しているはずの真冬の寒さを真夏にどうしても思い出せないように、体感というものはとても愚直な感覚だ。

自転車をすいすいと漕いでいた日がかつてあった。友達と急いでバス停まで走った日があった。ご機嫌にスキップした日もたしかにあった。不自由を自覚したその日、もういなくなった自分を恋しく思い、今後の不安と現実への落胆にその人は苛《さいな》まれたのだろうかと想像してしまう。

僕の父は六十歳になった頃から度重なる体の不調で、片足を引きずるようにしか歩けなくなった。数少ない家族旅行に出かけたときも、先頭を早足で歩いていた父を見てきた僕はやるせなかったが、本人にとってはそれ以上の痛恨だったろう。父を知らない人は、足を引きずって歩くその人がもともと、スタスタと歩いていたことなど想像もしないだろう。その姿を頭で描けるのはかつてのその人を知っている人のみだ。でも、同じようにあるときからうまく歩けなくなった人たちは、初対面でもそれが想像できるのかもしれない。

二〇二二年の末、僕は店の前で地面から飛び出していた小さな突起物に足をひっかけ、左半身から転倒した。左小指、左の肋骨、左膝の皿を地面に強打した。さいわい骨折はしていないようだったが、肋骨にはひびが入っていたと思う。そして、その日からしばらく僕は、普通には歩けなくなった。小指は大きく腫れ、肋骨は笑うたびに軋《きし》み、階段を登ったりしゃがんだりすることは時間のかかる動作になった。座ること、立つこと、歩くことがこんなに尊いものだとは思わなかった。転倒する直前まで健康や回復力に変に自信があったから、そんな人間には余計にショックだった。何をするにもハンディがある状態の自分に腹も立った。

健康に対する不安など微塵もなさそうな若者たちのスムーズな所作がすごく眩しく映った。と同時に、ゆっくりと動く諸先輩方の姿は、まるで現実をすべて引き受けたかのような佇まいで、自分はあの境地まで行けるのだろうかと考えたりもした。本当は、歩くことが不自由になるのに年齢は関係ない。誰でも明日からそうなってしまう可能性がある。うまく歩けないということは、動ける年齢であればあるほど、現実として受け入れるのは苦行だろうと思う。

約二か月ほど経って、ようやく膝の痛みだけになったが、しばらく不規則な歩き方をしていたせいか、今度は左股関節や左臀部《でんぶ》の筋肉に違和感が生じるようになった。座っていたり、前傾姿勢から立ち上がったりすると、なんとも言えない痛みのような違和感がある。まず背筋を伸ばしたあと、次に体全体を伸ばすようにすると、股関節があるべき場所に収まるような感覚になり、そのあと不思議なくらいまったく痛みや違和感がなくなる。今はその繰り返しで暮らしている。立ち上がったときに伸びをしないと、まだ普通には歩けない。

レントゲンも撮ったが、特におかしいところはなく、自然治癒で治ると言われた。今はそれを信じて暮らしているが、このまま不規則な歩き方をする人になるのかもしれないなという不安もある。そんなとき、僕は街角の不規則な歩き方の先輩たちを熱く見つめてしまうのだ。

この詩は谷川俊太郎が書きました

きみが読み始めたのは　詩ではなく　人生訓
きみが欲しいのは　芸術ではなく　励まし
きみが耳をかたむけるのは　名もなき人ではなく　名のある人
詩はいつも晒《さら》されるのです
どう書いた　ではなく　誰が書いた
たぶんこれからもずっとずっとずっと
ずっとずっとずっと
ずっとずっとずっと

横柄な横着

最近、初老男性の横着と横柄が気になってしょうがない。彼らが幼少期から見てきた大人たちの勝手な振る舞いや、〈意外と通用してきた〉ずぼらの数々がその行動を形成してきたのだろう。少なくとも「昔は男らしさがあった」とか「そんな細かいことなど気にしなかった」とかそういう荒々しさバンザイの男性主義は、戦争という極端な時間の中でムードとして助長されてきたと僕は思っている。

時代の犠牲になってきたという意味ではみな被害者だが、やや潔癖気味の令和の日常では、そのアラが悲しいくらいに目立つ。年を取り、体そのものがしんどくなってきて横着にならざるをえなくなったという事実もあると思う。もし注意などしてみたら、とりあえず激昂されるか、老人となった現実を差し出して「もうしんどいねん、負けといてぇな」と開き直られて、許しを乞われるかもしれない。

数々の「まぁええやろ」的行動を目の前にし、そんな初老男性に怒りを覚えながら、本当のところ、僕がいちばん気になっているのは自分自身の横着と横柄だったりする。成人した娘と一緒にいると、２００％その行動の一つひとつを注意される。彼女が子どもの頃から、いや、生まれるはるか前から、なんの疑問もなくやってきた振る舞いの数々なのに、だ。それを成長と言うのか、特に父親と娘は、ある時期から嫌悪や違和感を娘が父に指摘する関係に変化する。

テレビドラマ『北の国から』でも、子どもの頃は常に父親の味方だった娘・蛍なのに、成人するにつれて、父親・五郎に対して常にきつくあたるようになる。生物学的に近親相姦にならないよう匂いなどで嫌悪を覚えるように遺伝子的に出来ているという説もあるが、娘が僕に感じている行動への違和感に関して言えば、僕が初老男性に感じている違和感に限りなく近いと思う。令和的潔癖を差し引いても、娘から指摘されるその一つひとつが家族という共同体の中で生活するうえで、どれも正論ばかりで反論の余地もない。父親の変な意地で反論したところで、途中で「一生懸命言い訳している」自分に気づく。「負けといてぇな」と娘に言いそうな自分がはっきりといる。男性は、なぜこんなに無防備になるのだろう。

理由のひとつは、下手に体力があったからじゃないだろうか。腕力もスタミナも、基礎体力が女性よりも初期設定で備わっているという〈パワーへの驕《おご》り〉。同じ原理で言うと、足元のレバーを軽く踏むだけで人力では出ないスピードが簡単に出てしまう車という操縦機械を動かしているときの不条理な万能感も、横着・横柄・ナルシシズムという男の愚かさの象徴的な高揚に近いと思う。

コロナ禍で社会的ルールの見直しが実践されることが増えた。そんななか、「男らしさのルール」も定義ごと曲がり角に来ている。僕が子どもの頃から見てきた男っぽさとは、一言で言えば、ワイルドさだった。しかし、不良っぽい学生がモテた時代はもうない。ワイルドアピールはもう、引かれる対象でしかない。そういう男がカッコイイと、諸先輩や色々な作品から学んできた男たちは、もういまさら、スマートに方向転換できないだろう。老いては子に従えと言うが、自分よりあとに生まれた者の声を素直に聞ける男は果たしてどれだけいるのだろうか。

けれど実態は、父に注意をする娘側も、友達だったら気まずくなるような指摘を、肉親だから「まぁええやろ」で口にしているのかもしれない。

爆発後のルール

関係の近い間柄には、そこでしか通用しないルールというものがある。現場独特のルール。立場や効率、事情、それぞれの性格などから自然発生するそういった暗黙の了解は、職場に、そして家庭にしっかりとある。外部から来たばかりの者にとっては、まず最初に違和感を感じる案件だが、その違和感も時間を共有するうちにいつの間にか溶けていってしまう。むしろ違和感を溶かすということが、「そこで生きていく」という選択になっていく。

僕も集団の中でたくさんの違和感を溶かしながら生きてきた。また、下の立場の者が出てきたときから、気づかぬうちにそうさせてきたこともたくさんあると思う。自己弁護も含めていま思うのは、そうすることがそのときいちばん良いという判断でそうしたということだ。もうそこはあえて指摘しないで、ひとまず先に進めようという判断だったり、当事者の感情を考慮しての行動だったり。集団である以上、出来事には常に人間が絡んでおり、理想論よりも状況判断で目をつぶって動いてきたことが多々ある。

そうすることで最終的に「人に言えない事案」にすり替わっていった出来事もあるだろう。それは集団の長が悪いのか、長を実は動かしていた参謀が悪いのか。いずれにせよ、力のある者がそこで帳尻を合わせた場合、そうなる確率はグッと上がるのだと思う。逆に力を持たない者たちの独自ルールは、まさに現場主義と言うべき「方法論」に奇跡的に変換されていることがある。効率を優先させるなかで生まれた正規ルールからの逸脱。良識の範囲内の心意気で現場が採まれた結果、そのチームでしか編み出せないものが生み出される。

そういう逸脱からの成功体験は、実体験がないと想像力が働かないだろう。いま、若い人はビックリするほど真面目な考えの人が多い。それは、前時代の僕らのような不真面目な世代を見てきたひとつの反動なのだろうけど、彼らは自分に正直であろうとし、他者にも正直を求める。もちろん嘘つきよりも正直者のほうが良いに決まっている。しかし、人間は最終的には「見えない正直」に潰されてしまうのではないだろうか。本当に正直なことというのは、実はこの世に存在しないのではないかと僕は疑っている。それは、正直とは別に、相手の感情、事情、自身の葛藤がそこに加わるからだ。それらを無視するのはできないことではないが、想像することを止めた判断であることは間違いない。

事実・現実・真実という言葉の中では、人間が動かせないものは事実だけなのかもしれない。その事実以外をどう処理するかで、正直という「自分を省みる倫理観」に縛られてしんどくなる当事者。そうなると、逸脱よりも逃避のほうに想像力は傾いていってしまうのだろう。

ルールというものは、コミュニケーションの最小単位である「顔色をうかがう」ということから始まったのではないか。目の前の人とスムーズに感情を交わすための最初の行動。しかし、関係の近くなった相手には次第に「まぁええやろ」と甘えてしまうのも人間の行動。甘えられた側の人間に限界がやってきたとき、起こるべくして衝突が起こる。そのときに生み出される小さなルール。その後に繰り返されるいくつものルール補正が現場独自のルールとして形成されていく。

それは、仕事場でも家族間でも恋人同士でも今日も繰り返されている。

ほっこりという盲目

定期的に有機野菜を移動販売車で売りに来ている人がいる。見るからに素朴な雰囲気のおばさんだ。お客さんはすっかり定着し、いそいそと近隣のご年配が列をなして買いに来る。トラックの周囲を年配女性たちが取り囲み、おばさんと会話を交わしながら野菜を選ぶ。みんな、なごやかな時間を過ごしているように見える。

僕はその後ろに車をつける。年配者たちが怪訝な顔で一斉にこちらを見る。気にせず僕は車から降りて、目の前の銀行に入り、両替機で両替を始める。実は、有機野菜を売っている場所は公道だ。それも横断歩道のすぐ近く。その場所の近くには年配者に人気のスーパーもあって、その客を見込んだ移動販売なのだろう。

戦略としては功を奏しているのかもしれない。そこに何時間も車を停めて野菜を販売している。すぐ目の前にある家は、昔はこのあたりの名物店で今は元店主家族が住んでいる。そこの女性とおばさんは知り合いなのだろうか。同世代のようにも見える。店を出しているあいだはほぼその女性が見守るように扉から半身を出している。「わたしが許可するからいいよ。取り締まりが来たら見といてあげるわ」とでも言っているのだろうか。

両替のためにそこに一瞬といえども車を停めている僕も、社会に甘えている人間だ。しかしそのおばさんは素朴な顔をしたまま、悠々と車を停めて有機野菜を売っている。その牧歌的な「イメージ」が皆を盲目にしているのかもしれない。「求めている人がいるから」「産地直送の〈美味しくて体にいい〉野菜だから」という売り手・買い手双方の身勝手な関係性。そこに車で入り込んでいく僕は、彼女たちにとって身勝手な邪魔者でしかない。ここは銀行、スーパー、人気の肉屋など路上駐車の「ちょい停め」が頻繁な場所で、件《くだん》の移動販売車は、支持者の多い年配女性たちによって存在を肯定されている。

ここでふと意地悪な想像が働く。この場所で移動販売をしていいのかと気づいた他の業種、もしくは有機野菜の競合店などの車が増えたらどうなるのだろう。ひとつは、乱立によって迷惑駐車の部分がクローズアップされ、最終的には全員がここで出店できなくなるだろう。そのときにおばさんと年配者たちはこう言うのかもしれない。「この店だけのときは静かでよかったのにねぇ」

おばさんは悪い人には見えないが、ちゃっかりしていることは確かだ。ちゃっかり者の僕がそう思うのだから間違いない。心のどこかに罪悪感があるような顔にも見えるが、抜き足差し足感は否めない。

今回の大事なところは、素朴な感じのおばさんということと、体にいい有機野菜ということだ。これが若者によるクレープ屋や外国人によるピタサンド屋だったりしたら、もしかしたらすぐにはじき出されたかもしれない。意外とイメージ先行で社会的に成立してしまっている人というのは多いのではないだろうか。それは、同じように店という、パブリックイメージとともに成立させている業種の僕にとって、戒めとしてのしかかる問題である。

いつかのいつもの朝

聞いたことのない目覚ましの音
目を開けると知らない天井
外光がまぶしい窓には海
はだけた浴衣でユニットバスのトイレ
馴れない洗面台で歯ブラシの封を切る
見たことないタレントのテレビ番組
朝食はカチャカチャとバイキング

少しずつ目が覚める

部屋に戻っていつもの自分に変身
乱れたベッドを尻目にキーを持つ

エレベーターで家族連れと一緒になる
フロントはおすすめコースを教えてくれる
外は日常のようにすすんでいる
僕は非日常でその日常を歩き始める
晴れてよかったと思いながら

いらっしゃいませ
営業中
カミ

むかしの一日から「1993年11月23日（水）」

十二時になったので、テレビが自動で点く。賑やかな番組のテーマソングが六畳間に溢れる。聞き覚えのある人気者の話し声が夢の終盤あたりからひそひそ入ってきて、目が覚める。初めて自分の金で買ったテレビが部屋にやってきた日から、普通の目覚まし時計はやめてしまった。

バイトしている厚木ビブレの中にある中華料理屋も、このアパートの取り壊しに合わせて、場合によっては辞めなければならない。とても居心地が良いのに。忙しい日のホールや厨房のみんなの活気は、舞台裏でなくむしろそこがステージのようだ。先日、厨房のベテラン料理人Nさんと珍しく休憩時間が同じになったとき、将来どうすんだという話になって「何をするのにも、か・な・ら・ず最初にお金は必要なんだ」と彼は説いた。僕はそのとき、少しムキになって「そんなことない」と特殊な例を二、三挙げたが、それはやはり特殊な例の域を出ていない。

明日は渋谷に行かなくてはならない。アマチュアバンドを集めてノルマチケットを自分で売らせる定期イベントを運営している事務所で、僕はバイトと掛け持ちでこちらはタダ働きしている。毎週火曜夜の憂鬱なミーティングには僕と同じような業界を夢見る二十歳前後の子たちが集まってくる。みな、交通費まで自腹だ。スーツを着ていないという違いだけで、ほぼ営業マンの会議のような使い捨ての時間。アメリカンロックを引きずった社長とハードロックを引きずった社員の立ち会いのもと、焼き直しの沈没会議は続く。

バイト仲間のTちゃんが今月いっぱいで中華料理屋を辞めるという。Tちゃんは同い年の陽気な女の子で沖縄から出てきた。辞めるにあたって、折り入って僕に話したいことがあるという。その日は二人とも早上がりだったので、商店街のドトールコーヒーに入った。

彼女のその話は、二十一歳の僕にとって信じられないものだった。小柄で陽気な彼女が切り出したのは、たっぷりとした愛の話で、随分前から同棲をしているという。相手は三十八歳の男性らしい。写真を見せてもらう。おっさん。

バーでピアノを弾くアルバイトをしていたときに熱烈に求愛されたらしく、「その人は怒ると怖いけど、普段は優しいのでボロアパートで一緒に住んでる」と自嘲しながら続ける。同い年の僕に、このまま彼と結婚までいっていいのかどうか、聞いてみたかったらしい。

男の影のかけらも見えなかった彼女の所帯じみた告白に、僕は戸惑っていた。送別会のカラオケで彼女は沖縄の民謡を唄った。鳥肌が立つほど、上手かった。

見てただけ

十九歳の頃、横浜で一人暮らしをしていた。なんの身寄りもない場所に勝手に出てきたので、元々の友達や知り合いは誰一人いなかった。

六畳一間の木造アパートは、窓がいまにも壊れそうに軋み、トイレは汲み取り式で夏場は下から上がってくる虫を殺虫剤で殺しながら用を足さねばならなかった。近くに飛行場があって、アパートの真上を大きな音を立てて飛行機が一日じゅう行き来する。そのたびに古いテレビは画像が大きく乱れた。

主食は、標準米という地方自治体指定の安い米と納豆。一回で二合炊いて、それで二日暮らす。時代はもうプッシュホンの電話機が主流だったのに、わざわざＮＴＴから黒電話を借りて引いていた。ちゃんとアルバイトはしていたから別にお金がないわけではなかった。ただ、そんな少しやさぐれた感じの生活に憧れていたのだ。

仕事は、ＮＥＣの下請け工場で働いていた。そこに集まるのは人付き合いが苦手な人たち。朝、出勤してそのまま作業に入り、終業の時間まで誰も一言も声を発しない。昼休み、僕はいつもウォークマンをして階段の踊り場で空を見るともなく、ただ上を向いていた。家に帰っても誰も話す人がいないので丸一日、声を出さない日がザラにあった。それでも僕は寂しくなかった。それは自分の城を手に入れたと思ったからだ。

六畳一間には、テレビ、ビデオ、ラジカセ、ギター、本、CDが手の届くところにあった。テレビや本棚はもともと、僕のものではなかった。その部屋の前の住人は夜逃げをしており、僕が訳アリでそこを借りるときに家財道具はそのままほとんど残っていたのだった。布団と冷蔵庫以外はキレイにして使った。しかし、お風呂はどうがんばっても無かった。運の悪いことに近くの銭湯は全部すでに潰れてしまっており、僕はアパートを紹介してもらった現場監督のおじさんの実家のお風呂に入れさせてもらっていた。おじさんの実家はアパートの裏にあり、彼の母親が一人で住んでいた。その人は結構な高齢だったので、夜十時を過ぎるともう家に鍵がかかってしまう。なので、何度も入れないときがあった。

休みの日は、住宅街をひたすら歩いた。レンタルビデオ屋、CD屋、本屋をはしごするいつものコース。滅多に買うことはなかった。嫌な若者だったと思う。そんなときにおじさんの主張先のモーリシャスという国から来た黒人の男性がおじさんの実家に居候し始めた。彼は僕のギターを弾き、祖国の音楽を演奏した。「ケンジも日本の音楽を演奏して」と言われたが、あらためて日本の音楽と言われると、戸惑った。日本のロックは好きだったが、もともとそれはアメリカの音楽だし、この際「君が代」しかないのかと思った。

モーリシャスの彼のために仕事を一緒に探すことになった。彼は英語ができるので、横浜の中華街で探すことにした。ディスコで働きたいという彼の要望に応えて、僕は思いきって、関内にあった開店前のディスコの扉を開けた。一生懸命、彼を売り込んだが、あっけなくはじき返された。僕はいつの間にか、彼とは簡単な英語で会話できるようになっていて、仕事のない日だけ英語で声を発する日が出来ていた。でも、たまに日本語の歌をギターを弾きながら小声で歌ったりもした。

横浜の街には、僕の視線だけが残っている。どこにも声は残っていない。

夢を削っていく

地べたをぺたぺたと素足で歩いているような怠惰な二十代だった。九〇年代、僕らのようないつまでもアルバイト生活で暮らす若者は「フリーター」と呼ばれ始めていた。大学も出ていないので、卒論とか就活とかに同世代が一喜一憂している姿は、まるで海の向こうの出来事のようだった。

将来の目標は……あったと思う。としか言いようがない。なぜならそれは、何もかもが漠然としていて、かつ何もしていなかったからだ。アルバイトといえども、それは週五日の八時間労働で、拘束時間はほとんど社員と変わりない。そんな状況でそれ以外のことを考えたり行動に移したりすることは、かなりエネルギーを要することだった。毎日ただ目の前に横たわっている惰性に流されるしかなかった。

若さというのは将来が未確定なぶん、その夢の余白に自分勝手な可能性を思い描いてしまう。まだ何もしていないので、自分は何でもできると思い込んでいた。そういう夢想は惰性の日々と相性が悪く、実際に動き出すことはなかなかない。いつか・もし・こうなったらと、現れるはずのないタイミングを言い訳にしていく。

そんな日々が続くと、少しずつ焦ることになる。五十代になって思うと、二十代というのはいま以上に自分の賞味期限への焦りと恐怖があった。若さが社会で武器になるとでも思っていたのだろうか。とにかく年をひとつ取るごとに、その具体性のない若さがすり減ることへの焦りは増大していった。

ホホホ座という形に半ば流されながら辿り着いたいま、あのときのような正体のない焦りはもうない。それは、思い描いていたかたちとは違っても、ひとつの自己実現が達成されたからかもしれない。しかし、もうひとつ理由として考えられるのは、年を取ることで、色々と無謀で夢見がちだった可能性を自分の中で消化したからだと思う。

そう考えると、現実にぶつかることは悪いことではないのかもしれない。夢をあきらめないでというメッセージは前向きなシーンで使われるが、執着心という意味では「本当の可能性」をも見過ごしてしまうことがあるのではないだろうか。実際あきらめるときは悲しいけれど、選択肢が減っていくことは、そのぶん自分の進むべき道筋が見えてくるということでもあり、そのときにどう自分自身を切り替えるかが本当の選択すべき部分だと思う。

「働くことが楽しい」のがいちばんだ。しかし職場は、人間関係や現場の環境ひとつで、そのルーティンワークへの負荷が左右される。そういう意味では職場の「居心地づくり」は実はいちばんの最重要事項なのだと思う。

その居心地づくりは、少しずつ、微調整でしか進まない案件だろう。石の上にも三年と言うが、この三年という数字は、もしかしたら、その居心地づくりのための時間を指しているのかもしれない。

泣いているきみを見たい

長い付き合いのきみを泣かせたい
泣いているきみを見たい
これまで何度も泣かせた
その涙とちがう涙を見たい
心のゆるんだ泣き顔
幸せに満ちた泣き顔
笑いながら涙を落とすきみが見たい
感動する本をきみに読ませたい
泣ける映画をきみの隣で見たい
懐かしい写真をきみに何気なく差し出したい
恥ずかしい言葉をもう一度きみに贈りたい
泣いているきみを見たい

それを見て
ぼくも泣きたい

ここではないどこかはもうない

アルバイトだけで生計を立てていた二十一の頃は、短期の工場仕事をよく選んでいた。工場のバイトは時給が比較的良いのと、職場で誰ともしゃべらずに済んだので選びがちだった。それに、働く期間があらかじめ決まっているのも気分を変えられてよかった。朝、タイムカードを押して、短い朝礼が始まる。工場長の小話が終わると、僕らは持ち場に散らばる。

僕は、ニキビ面の二一六歳の班長と、自分と同年代の先輩バイト二人の班にいた。二人の先輩は見た目も中身もとても幼く、後輩のような先輩たちだった。班長は何をするのにも面倒なふりをする人で、「しょうがないなぁ」という顔で毎度動きだした。俺がいないとダメなんだからという顔で、誰でもできる仕事をした。

他の班には、おじさん、おばさんがたくさんいた。まだ二十歳を越えたばかりの僕はそこを人生の墓場だと思っていた。つまり、自分の未来は明るいと信じていた僕は、閉鎖的な環境の工場で真面目に働いている人たちをバカにしていたのだ。ここではないどこかに自分の本当の居場所があると思い込んでいるバカな若者の一人だった。

工場は、広大な敷地に面積をたっぷり取った六階建てのとても大きい造り。誰とも友達になる気などなかった僕は、休憩時間はずっとウォークマンを聴きながら、建物に併設された非常階段の踊り場に寝そべってタバコを吸っていた。

ある日の休憩時間。僕は敷地内をウォークマンを聴きながら散歩していた。敷地の外周には芝生が敷き詰めてあり、等間隔に木が植えてある。そこをぶらぶらと歩いていたら、工場の制服を着た若い女の子が一人で芝生に座っていた。近づいていくと、どうやらその子は文庫本を読んでいるようだった。

彼女の前を通り過ぎようとしたとき、ふいに目が合った。その瞬間、なんと彼女は僕にほほ笑みかけてきた。漫画のような展開に驚いた僕は、こともあろうか笑顔にプイと背を向け、逃げるように立ち去ってしまった。

その日から後悔と夢中の日々が始まる。寝ても覚めても彼女のことばかり。悲しいことにもう彼女の前を通っても、ほほ笑んでくれなくなり、挙句の果てには、芝生にも現れなくなった。

食堂ですれ違ったときに、名札から遠藤という名前が判明した。タイムカードをよく見たら、「エンドウリカ」と書かれていた。彼女は定時よりも二時間早い午後四時に仕事を上がっていることがわかった。彼女と同じ階で働いている人になんとなく探りをかけて、僕は絶望した。

エンドウリカは、パートタイムで働く十九歳の若妻だった。

午後四時になると、トイレに行くふりをして、退社する彼女の後ろ姿を窓から毎日見ていた。

僕のここではないどこかは、その後ろ姿とともに遠くなっていくばかりだった。

自炊行為

一人暮らしの頃は、自炊ばかりしていた。朝、仕事に出かけて、帰り道に駅前の小さな本屋をちょろっとのぞいて、スーパーに寄って帰る毎日。いつもいちばん安い米を炊いていた。おかずはほとんど納豆のみ。たまに、もやしやこんにゃくを買って焼肉のたれをかけて、ステーキのつもりでナイフとフォークで食べる。味噌汁を飲む習慣のない若造だったので、こたつ机に並ぶのはご飯とおかずの二皿のみ。

ガッツリ働いていたから、別にお金がないわけではなかった。単純に料理に興味がなかった。お腹が膨れればよかった。

たまに肉を焼いた。魚も焼いた。唐揚げにも挑戦した。唐揚げ粉の袋の裏に書いてある手順を一言一句、そのまま忠実にやった。できあがった唐揚げはジメっとしていたが、それ風のものはできた。お腹が膨れればよかった。

他には、お好み焼きもやった。実家にいるときに、ホットプレートにデレっと生地を流し込むのは経験済みだった。その生地に何を入れるかもなんとなく把握していた。しかし、その配合の分量がわからなかったので、またもやお好み焼き粉の裏の説明書きを熟読し、その通りにやった。隠し味などどこにもない。できあがったお好み焼きは、厚さ七センチのでぶお好みだった。小麦粉の塊を食しているようだった。お腹が膨れればよかった。

最終試験として、カレーライスもやった。例によって、箱の裏を熟読。「玉ねぎが飴色になるまで、じっくり炒めてください。色が完全に変わったら、それを鍋に移してにんじん、じゃがいも、お肉などを足し、水を入れ、ある程度煮込んだら、お箸でじゃがいもを刺し、芯の感触がなくなるまでじっくりコトコト煮込んでください」というようなことが書いてあった。「そして、最後にカレールーを割り入れ、よくかき混ぜてください」と締めていた。その時点でかなり空腹だった。できあがったルーは、いい匂いがした。しかしなんとなくサラサラでゆるいカレーだなぁと思った。かまわぬ若造はまぁいいかと大皿の大盛り白飯にカレーをかけた。するとカレーはシュルシュルシュルと白飯に「かからず」に「染み込んで」いった。

もう空腹のピークを越えようとしていた若造はそのまさかの状況に失望し、同時に、やり場のない怒りもピークに達していた。

「オラァ!・!・!」

持っていたスプーンを〈カレー汁かけごはん〉の乗った皿の真ん中に垂直に突き立てる若造。

皿は、クモの巣状にきれいに割れた。

ピザトーストもやった。これは見よう見まねで何も見ずに、予想しながらやった。なんといっても、具材さえ揃えてしまえば、オーブントースターのつまみをひねるだけでよいのだ。食パンにまずバターを塗ってみて、ケチャップを塗ってみて、そこにとろけるスライスチーズをのせてみて、ツナをのせてみたり、コーンをのせてみたりした。トースターがチーンと鳴って、台所に走る空腹ピークの若造。チーズのいい匂いがする。パンが熱い。思いのほか、熱い、熱い。そいつをトースターから皿に移そうとがんばる。

ボットン。

手の平から逃げるように、熱々のピザトーストは小汚い台所の床に「具を下にして」落下した。

「オラァ！！！」

若造はなぜか、熱々のはずのそのトーストをもう一度手で摑み、床に叩きつけた。

ひと通りの失敗を重ねて、ようやくゆで卵は作れるようになった。なんか小腹が空いたなぁと夜中、台所に立つ若造。冷蔵庫に卵がいくつか余っていた。鍋に卵を入れて、水を足して、火にかける。こたつに入って録画したバラエティー番組を見ていた……つもりだった。

ものすごく大きな爆発音で、目が覚めた。なんのことやら、しばらくわからなかった。どうやらそのまま寝てしまったようだ。「あっ!」と思い出し、台所に駆け込む。卵を煮込んでいた鍋がからっぽだ。水もない。あたりを見回し、上を見た。台所の天井に現代アートのように卵が散り散りになって、クモの巣状にきれいに張りついていた。

散漫と怠惰と好奇心で台所に向かっていたそんな日々があった。

今日

スタスタした歩道をズルズル進む身体の悪いひと
目的地を目指す目　朝を越えてきた皮膚
おもいだしてわすれておもいだしてわすれる　かつての
話す速度　手の速度　食べる速度　用を足す速度
冗談の速度　立ち上がる速度　夢中になる速度

春の校門でかつてのような光がピースしている
その光はまだ希望にしか使われない
いつどこで　なぜ　速度は落ちた
ぼくの友達の速度が落ちた

やましたくんはしゃべらない・詳細編

幼稚園初日。空気の冷えた講堂で初体験となる式を終え、教室という抑制空間に足を踏み入れる新入園児たち。小さな体に緊張が共鳴し合う。その状態のまま、自己紹介の時間が始まった。僕は名簿で一番だった。まず、体がどうにも納得できていない。自己紹介などしたくない。いきなりでは誰ともしゃべりたくない。

その日から、だんまり社会生活が始まったのだ。いっさい声を出さずに、ジェスチャーや筆談だけで過ごす日々。家ではベラベラ話すというモードの切り替えが自然にできていた。親も先生もその奇異な振る舞いに付き合いながら、将来を案じていたと思う。いま振り返れば本当に申し訳ないと思うが、当時の先生たちとのやりとりを克明に振り返ってみたいと思う。

小学校に上がると毎年、担任の先生との格闘があった。あの手この手で僕の口を割らせようと仕掛けてくる先生たち。その都度、半ば意地になって口を閉じる。

小学一、二年のときのおばあさん先生は、ひたすら居残りの作戦をとった。

「今日は声を出すまで帰れないからね」

すっかりあたりも暗くなり始め、もはや我慢比べとなった。このままでは埒《らち》が明かないと思った僕は「声を出さずに」うそ泣きをし、なんとか逃れた。その後、なだめすかし戦法に切り替わったが、表情は崩さなかった。

三年生になって、新卒のピチピチの女の先生が担任になった。彼女は僕に一冊のノートを手渡した。そのノートの表紙には「?・ノート」と書かれてあった。

「毎日ここになんでもいいから、書きたいことを書いて先生に見せて」

いわば交換日記だ。最初の頃はその日、学校であったことなど日記めいたことを書いていたが、そのうち、うんこの絵を描くようになり、いつの頃からか、冒険小説を書き始めていた。

その小説は、トンガウリウリフィフィタという変な名前の男の話で、子どもの頃から自己紹介するたび、その変な名前で必ず相手に笑われてしまう。そんな彼が名前を名乗っても笑われない国を探して、ひたすら世界を旅するという冒険譚だ。

先生はその話を気に入ってくれ、ガリ版刷りのプリントにして教室で配ってくれた。実は、トンガウリウリフィフィタは実在する人物だ。プリンス・トンガ（キング・ハク）というプロレスラーの本名なのだ。当時ハマっていた『プロレス大全科』という本でその名前を知ったとき、僕は大笑いした。何を隠そう一番はじめにその名前を見て笑ったのは僕だったのだ。

四年生になると、また新しい先生が現れた。若い美人の先生で感受性がとても豊かな人だった。社会の時間、神風特攻隊が家族に宛てた手紙を朗読し始めたが嗚咽し号泣してしまったり、言うことを聞かない反抗的な生徒と対峙してはまた号泣。子ども心に少し気の毒に感じた。

そして、五年生。ついに初めての男の先生が現れた。三十歳の活きのいい先生だ。力づくでしゃべらされたりしたらどうしようと不安がよぎった。

その先生は、高谷先生と言った。自己紹介の挨拶のとき、高谷先生が第一声、大きな声で「おはよう！」と言ったのを覚えている。

体育と社会が得意な先生だったが、音楽の時間の金曜日。いきなりアコースティックギターを持って、教室に現れた。

「みんな、昨日『ザ・ベストテン』見たか？　先生、『今週のスポットライト』にもしかしたらいつか出るかもしれんぞ〜」と言うと、教室で「たんぽぽ」という歌を弾き語りし始めた。サビはこんな感じだ。

♪あめ　あめ　かぜ　かぜ　ふきあれてみろ　そんなときこそ　たんぽぽは　またつよくなってゆく

いま検索してみると、本当は「嵐」というタイトルの曲らしい。サビの歌詞も本当は「たんぽぽは」ではなく「おれたちは」みたいだ。八〇年代に学生のあいだで流行ったフォークソングのようだ。

そんなことは露とも知らず、小学三年生の僕たちは先生が本当に作った歌だと思い込んでいた。挙句の果ては、その後の音楽の時間にクラスみんなで歌わされていた。僕は子ども心に良い歌だなと思ったが、もちろん歌わなかった。

待てど暮らせど、高谷先生が『ザ・ベストテン』に現れることはなかったが、クラスではいつの間にか「たんぽぽ」は高谷先生のシングルヒット曲のような扱いになっていた。

その高谷先生も問題児の僕のことはもちろん聞いていて、「さて、どうしてみようか」という感じで少しずつ距離を詰めてきていた。

「山下はしゃべりたいとか思うことはないんか?」呼び捨てにされたのは、そのときが初めてだった。男の先生のアプローチは女の先生とはやはり違う。ニヤニヤ笑いはぐらかす僕。

めんどくさいことに、僕はしゃべらないくせに、大人しいキャラクターではなかった。背はクラスで二番目くらいに大きかったので、運動も得意で、当時は勉強もできた。なにより、しゃべらないのに授業中にふざけていた。ジェスチャーでクラスのみんなを笑わせたり、手紙を授業中に飛ばしまくったり、黒板に書く答えをふざけて書いたり。

高谷先生は困っただろう。口を閉ざして心を開いた生徒なのだから。

そして、僕と高谷先生の知恵比べのような闘いが始まった。普通のやり方ではもう埒が明かなくなっていた僕。

ある放課後、僕は職員室に呼び出された。

「山下。来週の授業参観で家族のこと書いた作文をみんな、前で発表することになってるんや。おまえ、読めるか？」

いやぁという感じで首をかしげる僕。

「そうか……。どうしても無理か？」

一点を見つめ、固まり始める僕。

「そうか……わかった。それやったら、先生に考えがあるんやけど、どうやろか？　その方法でやってみいひんか？」

なんだろうと思いドキドキしていると、先生は机の上に大きなラジカセを置いた。

「おまえは家ではしゃべってるんやろう？　それやったら、その家のしゃべってる状態で作文を読んで、これに録音してきてくれへんかなぁ」

体がカーッと熱くなる。ヤバい、そうきたかという感じ。これまで色んな手で先生たちの作戦をかわしてきた僕だったが、それらの作戦にはひとつの法則があった。みんな〈学校での僕〉をなんとかしようとしてきたのだ。しかし今回は、〈家での僕〉に手が及んでいた。家ではいつも「しゃべらない問題」を僕ははぐらかし続けていたのだ。

小学四年のときには、放課後にわざわざバスに乗って違う学校に行き、自閉症児（当時はそう呼ばれていた）たちのカウンセリング授業を親子ともども受けていたことがある。子どもは先生とマンツーマンで四十五分ほどただひたすら教室で黙って遊ぶ。日によっては、他の自閉症児たちと一緒に遊ばされるのだが、騒ぎやすい年代のはずの僕らがキャッキャッと嬌声をあげながら遊ぶことはなく、教室内で黙々と距離を取りながら各自で遊ぶ。その間、親は専門の先生からカウンセリングを受けている。

誰々くんは最近もうしゃべり始めたらしいよなどと、帰り道に親から諭されるが、「だからなんやねん」と余計に頑なになった。

しかし実際、自分でもいつまでこんな生活を続けるのだろうという思いもあった。すでにだんまり生活は八年目に突入していたし、やめどきを探っていたが〈しゃべらされる〉のだけは嫌だった。しゃべるなら自分のタイミングで、自分の意思で、第一声を出したいと思っていた。

そんな思いが今回、絶体絶命のピンチを迎えようとしていた。答えに詰まる僕。

「よしっ、とりあえずこれを持って帰れ。読む読まへんはおまえが決めたらええ。先生は強制しいひんから」

オールドスクールのラッパーが持つようなでっかいラジカセ。それを肩に担いで帰ることになった。

「あんた、それどうしたん?」母親が驚いて訊いてくる。

「いや、なんか先生がこれに声を録音して参観日に流せって」

このように家では僕はペラペラしゃべっている。

「ええ機会なんちゃうか」母親は勝手なことを言う。

その夜、僕はラジカセとにらめっこをしていた。どうするべきか。葛藤は、参観日前日の夜まで毎晩続いた。

家族全員が言う。「とりあえず、録音だけしてみたら? 別に明日、あんたが嫌やったら流さんでもええんやし」

僕はその言葉に従い、とりあえず録音することにした。読みながら、すでに顔が赤くなるような思いだった。録った声を再生してみると、いつも耳から聞いている自分の声とまったく違う。

こんな声、聞かれんの絶対嫌や!

明日は流さないでおこう。そう決めた。

翌朝、ラジカセを持って登校する僕をみんながいぶかしい目で見ている。説明するわけにもいかず、僕はただニヤニヤするしかなかった。

発表の順番が進んでいく。とうとう次は僕の番。ラジカセを持って、前に出る。ざわつく教室。クラスメートと保護者たち。教壇にラジカセをドンっと置く。前を見る勇気はない。片方の手に持っていた作文をとりあえず開く。どうしよう……。

ガチャっと僕はラジカセの再生ボタンをいつの間にか押していた。変な声が教室に流れ始める。その間、僕は作文用紙で顔を覆っていた。まるで一生懸命、読んでいるように。

下半身まるだしで教壇に立っているような時間。再生が終わると、拍手が起こった。高谷先生が言った。

「はーい。山下、ありがとう。次は誰や」

先生は他の生徒と同じように僕を席に戻してくれた。みんなの好奇な目をたっぷりと感じながら僕は席に戻った。そのとき、なぜか鼻水が出てきたのですすっていたら、それが泣いているみたいに見えてしまったようで、休憩時間になった途端、クラスのみんなが一斉に席に集まってきた。ついに声を聞いたと喜ぶ者。本物ではないのでないかと疑う者。感極まっているのではと顔を見にくる者。

大きな前進だったかもしれないが、僕が実際に学校でそのまましゃべり始めることはなかった。このままいくのかなぁと自分でも不安に思い始めていた。しかし先生は、「おまえがしゃべりたくなったときにしゃべったらいいよ」と言ってくれた。

相変わらず、しゃべらないくせにやんちゃは続いた。ある日とうとう堪忍袋の緒が切れた高谷先生に、問題児の僕ら友達五人は、授業中に突然、前に出てこいと言われた。立たされたまま説教を食らう僕たち。どんどん怒りが大きくなってきた先生は、ついに、おまえはなんとかかんとかじゃ！とかそれぞれの問題点を言いながら一人ずつビンタし始めた。最後は僕だ。いったいなんて言われるのだろうと思った。ついに僕の番がきた。

「おまえはいつになったらしゃべんねん！」

叩かれながら、え?と思った。本音出てもうてるやん（笑）。ショックだったが、今となってはだいぶ面白い瞬間だった。

高谷先生は一年間だけ担任をしたあと、他の学校に移っていった。

その後、六年生のときに担任になった女性の先生には本当に酷いことをしたと思っている。クラスの生意気盛りな男子たちと事あるごとにぶつかってしまい、彼女はノイローゼになり、学校にあまり来なくなってしまったのだ。なのでこの先生との個人的な思い出は、ほぼない。

僕が結局しゃべったのは、小学校の卒業式だった。それまで九年間認知度を上げて培ってきたキャラクターだったが、スクールカーストが激しくなりそうな中学校生活では通用しないだろうと思った。最後、みなが一斉に集まる機会に返事をしてゲームセットにしようと計画した。

しかし実際は、校長先生が卒業証書授与で僕の名前を呼び、思いきって返事をしたのだが、緊張のためか声が思うように出ず、未遂のようなかたちで終わってしまった。

そのことでもう割りきってしまった僕は、中学の入学式から当然のような顔をして、ベラベラしゃべり始めた。

小学校からそのまま上がってきた友達はみな、啞然としていた。しゃべらないと思っていた奴が普通にしゃべっているのだ。それはある種、怖かったと思う。覆面レスラーがいきなり素顔で入場してきたようなものだ。果たしてこれは見てもいいものなのだろうかという感情がよぎったかもしれない。

そして、その中学校でおしゃべりキャラがすっかり浸透した二年生の春。僕は度肝を抜かれた。なんと、高谷先生が僕の中学に赴任してきたのだ。先生は僕たちの担任を一年間務めたあと、中学校教員免許を取り、中学教師になっていたのだ。今さらながらどうしようと思った。なぜか高谷先生には、しゃべっている自分を見られるのが恥ずかしかったのだ。できるだけ会うのを避けていたが、ある日、ついに先生と廊下ですれ違ってしまった。先生は、「山下くん、久しぶり。もうしゃべってるらしいな」と、なぜか「くん」付けで呼んできた。戸惑ったが、向こうも少し照れ臭かったのかもしれない。

僕はそのとき、小学五年の山下くんに戻ってしまった。先生に、ただこくりとだけ、うなずいたのだった。

かめとやました

やましたがかめをさいしょにみたのは、きんじょのぺっとやさんでした。くろいこーらにきいろのせんがはいったくさがめでした。

おにいちゃんといっぴきずつかいました。やましたは「とかいのこ」なのでかいました。いえにもってかえってよくみると、おにいちゃんのかめのこーらがへっこんでいました。ざんこくなこどもたちはそれをみておおわらいしました。へっこんだかめをぐうぜんかってしまったおにいちゃんのどんくささにばくしょうしたのです。そのご、こどもたちはよそうどおり、せわをさぼりだし、かめたちはひとなつでしんでしまいました。

こりないこどものむせきにんやましたは、こんどはえんにちのぺっとくじでみどりがめをあてました。こどものころ、やましたはきょううんでした。いつもくじでなにかをあてました。みどりがめは、いちねんくらいいきましたが、しにました。こどもたちは、いきものをてにいれることだけがもくてきで、すぐにそのせわにあきて、ころしてしまいます。

やましたには、いま、いえでかっているくさがめがいます。そのかめは、しょうがっこういちねんせいのときにかったかめです。たくさんのいきものをいぬじにさせてきたやましたは、このかめとようやくそいとげようとしています。じつはこのかめもさいしょはにひきいたのですが、いっぴきはすぐにしんでしまいました。くわしくいうと、しんだかめはからだがちいさいかめで、くいしんぼうなおおきいほうのかめがいつもえさをひとりじめしていたことがげんいんでした。ちいさいかめは、いしにのぼるかっこうのまま、くびをたれてしんでいました。

やましたはおっさんになり、くいしんぼうがめとのつきあいは、よんじゅうごねんめにはいりました。かめはまんねん。このさき、どんなにぶんめいがすすんでも、かめはかめのまま。

だれでもなんでそんなん

人から見たら「なんでそんなん？」と思われることでも、本人にとっては切実なことというのは誰にでもあるのではないだろうか。自分自身思い返してみても、「なんでそんなん？」と今では思えることがいくつもある。

ひとつだけ挙げると、僕は小学校高学年くらいから完全にテレビの見すぎで目が悪くなってきて、裸眼ではとてもまともな日常生活を送れないくらいの近眼となっていた。

父も兄もメガネキャラだったので、ああそうか自分もその一員になるのかと観念し、メガネを作った。しかし普通のメガネをかけるには小さな抵抗があって、当時、まだ比較的珍しかった少し丸みのあるメガネを選んだ。

最初にかけたときの感動は、メガネをかけたことのある人なら誰もが想像できるだろう。こんなに世の中はくっきりしていたのかと驚愕した。眼科からの帰りの車内で、夜の街を隅々までいつまでも見ていたのを覚えている。

翌日、ピカピカの真新しい靴を恥ずかしがるような気持ちで初お披露目のメガネをかけて登校した。

好奇の声が即座にあがった。「いや〜！　やまっこ（当時のあだ名）、何なん、そのメガネぇ〜」。女の子がテンションを上げながら近づいてきた。「えー、目ぇ悪かったん？」仲のいい男の子も飛び込んでくる。僕は一気に自分の姿が恥ずかしくなった。

今から思えば、その子たちは単にそのメガネが珍しかったんだと思う。もしかしたら本当にいいなと思って声をかけてくれたのかもしれない。しかし、そのときの僕は単に面白がられていると思ってしまい、もうメガネは学校ではかけまいと決めてしまったのだった。

しかし、メガネをかけなければ黒板の文字は全然見えないし、陽が落ちるとほとんど帰りの足元もおぼつかない。どうしようか。

僕は親に懇願して、コンタクトレンズを買ってもらうことにした。たぶん、よくわからない理由で懇願し続けたと思う。

ハードコンタクトレンズは、最初は付け心地に違和感があったが、すぐに慣れた。

そして、僕はまるでメガネなど最初からかけていなかったような顔で登校し始めた。メガネのことを聞いてくる者もいたが「夢でも見たんちゃう？」というようなムードで乗り切った。

その後、進学した公立中学は、当時荒れに荒れていて、「これは喧嘩になったときにコンタクトしていることがバレたら、弱点になるな。目ぇどつかれたら終わりやな」と思い、やはり中学でも「僕は裸眼です」という顔で過ごし始めた。

部活はレスリング部に入りたかったが、なかったのでスライディングタックルができるサッカー部に入った。当時の僕のアイドルはアントニオ猪木で、夢はプロレスラーになることだった。グラウンドでのヘディング練習のとき、ボールが目に当たり、ポロリとコンタクトを土の上に落とした。高価なモノなので、僕は今すぐにでも練習を中断して土の上を探したかったが、ここでまたしても「なんでそんなん?」が発動してしまい、コンタクト片目のまま、素知らぬふりでヘディング練習を続けた。

先生がホイッスルを吹いて、皆が一か所に集合した瞬間に、僕は目を皿のようにして地面を凝視し始めた。皆に怪しまれないくらいの短時間では見つかるはずもなく、結局、最後まで僕は片目で練習し続けたのだった。

同じような出来事は、体育の授業でもあった。体育館でバレーボールをしていたら、トスを上げようとして空ぶって、おでこに当たり、コンタクトが床にポトリと落ちた。足でなんとなく手繰り寄せてみようと目線は遠くを見ながら奮闘したが、またも先生のホイッスルが鳴り、上履きを履いたクラスメートたちがバタバタとその上を走っていった。そのときは発見できたが、もう粉々だった。

それでもなぜか、僕はカミングアウトしなかった。しかしバレそうになったこともある。

ある日、運動場で友達と至近距離で話していたら突然、その彼が言った。

「え？　やまっこ、コンタクトレンズしてる⁉」

ビックリした。しかし、僕は真面目な顔でこう答えた。

「いや、してへんよ。生まれつきこんな目ぇやねん」

友達は当然、納得できずに食い下がる。

「いやいや、思いっきりコンタクトしてるやん！」

僕はいくら食い下がられても同じセリフを何度も復唱し続けたのだった。

結局、人から聞かれて僕がすんなりコンタクトレンズをしていると表明しだしたのは、四十代に入ってからだった。

「なんでそんなん？」とは、極めて動物的なこだわりを指すのかもしれない。

夏が本当に好きな理由判明

ずっと夏が好きだと思い込んでいた。とにかく寒いのは苦手で、冬は布団から出るのが本当に億劫だし、服もいっぱい着ないとしのげないことが面倒だ。

夏の良い印象は、夏休みから来ていると思う。僕が子どもの頃はたっぷり四十日間夏休みがあって、七月のあいだは「ああ、まだ一か月以上も学校が休みだ」と思うと、毎朝、幸せだった。虫取り、朝から毎日二時間半くらい続くアニメの再放送番組『夏休みアニメ大会』、地蔵盆、たまに連れて行ってもらえる海水浴など非日常のイベントが目白押しで、夏イコール楽しいという印象がいつの間にか植えつけられた。

そんな期間中に学校に行くと、気分が冷めた。プール登校で定期的に行くのだが、最初の水馴らしのシャワー浴びと塩素水の桶に浸かるときはいつも息が一瞬、止まった。

八月の原爆投下があった日の近くにはいつも登校日が設定されていた。プライベートモードで七月の半月ほどを暮らしているので、クラスメートと久しぶりに会うとお互いになんとなく照れ臭かった。一日だけ学校モードに戻す作業は十歳前後の子どもにとって、少しだけ時間が必要だった。特にしゃべらなかった僕には。

　夏休みの宿題はもちろんギリギリまでやらない。夏休み最終日の八月三十一日ではなく、本格的に授業が始まる九月二日までを最終期限として考えるようなイヤな子どもだった。

　図画工作の宿題がどうしても間に合わない年があった。そのとき僕は、家の裏に住んでいた親戚のおばあちゃんに絵を丸々一枚、描いてもらったことがある。頼まれたおばあちゃんも喜々として描いていたような感じがあった。そのお城の絵は花丸をもらっていた。

　大人になっても、夏が好きだと公言し続けていた。冬好きの人たちはよくこう言った。

「寒いのは服を着ればなんとかなるけど、暑いのはどうにもできない」

　言わんとすることはわかったが、たくさん服を着ることが嫌いな僕にとってはそちらのほうが嫌だった。

　そんなことから、開放的な気分に浸れる夏がやはり最高だと思っていた。暑さは気にならない。それもそのはずだった。僕はほとんどクーラーのあるところでしか一日を過ごしていなかったのだ。家、車、店。どこも涼しい。夏嫌いの人のいちばんの理由の「暑さ」と無縁の夏を僕は過ごしていた。そして、そのことで僕は本当に好きなあることに気がついた。

　僕が夏が好きだと思い込んでいた最も大きな理由は実は夏そのものにはなく、夏が作り出す暑さを冷ましている状態。つまり「涼しい」という感情が大好きだったのだ。熱を帯びた体に冷却風を浴びせている時間に僕は、強烈な解放感と幸せを感じていたのだ。誰しも経験がないだろうか。風呂上りに火照った体を扇風機やクーラーで冷やしているときの何事にも代えがたい心地良さ。

一度、台風が近づいている夜に一人で外に出たことがあった。そのときの体に当たる風の強さと温度がこれまで経験したことのないくらいに心地良く、ずっと当たっていたい、もうこのまま死んでもいいとさえ思った感覚を今でも覚えている。

そのお金

最初に手にしたのは　十円玉
駄菓子を買った
小学生のこづかいは　百円玉
漫画を買った
十代のアルバイトは　千円札
ＣＤを買った
働いた初任給は　一万円札
お酒を飲んだ

現在のわたしは　一万円札と千円札と百円玉と十円玉
悪いけど　詩に払うお金は持ち合わせていない

記録に残っていないけど記憶に残っている音楽イベント

高校生の頃、世間はバンドブームだった。友達の影響で中学生のときからフォークギターをジャカジャカ弾いていた僕は、その友達と「高校に行ったらバンドを組もう」と校舎裏でいつも話していた。

しかし高校生になった途端、バンドブームがやってきた。スポーツ刈りだったあいつもカッコつけのチャラいあいつも、楽器を担いで練習スタジオに向かった。音楽人口の裾野が広がり、ブームに便乗してピンキリのバンドがCDデビューできたり、音楽的文化度が一瞬広がったりしたという意味では、バンドブームもよかったのかもしれない。しかし、生粋のひねくれ者の僕にとっては、そのブームに乗っていると思われるのはとても恥ずかしいことであり、そんな自意識過剰の一人相撲により、バンドを組むという夢はあっけなく幻に終わった。

けれどブームのおかげで、ライブイベントは当時たくさん開催されており、その恩恵には授かった。

ＪＲ大阪駅のコンコースを閉鎖しオールナイトで開催された音楽イベント「ＭＩＤＮＩＧＨＴ

ＥＸＰＲＥＳＳ'88」（出演：上田正樹、憂歌団、佐野元春、甲斐よしひろなど）や「国際花と緑の博覧会（ＥＸＰＯ'90）」の会場で開催された「ＬＩＶＥ ＺＥＡＬ」（出演：真島昌利、友部正人、ＳＩＯＮ、ＣＨＡＫＡなど）にてくてくと出かけた。いわゆるライブハウス中心のインディーズバンドには僕の情報網では辿り着けなかった。

なかでも印象深かったのが、尼崎のつかしんテントインという場所で開かれた「がんばれオタク族」というイベントだ。このときに初めて「オタク」という言葉を知った。オタク族って暴走族みたいなもん？と本当に初めて聞いたくらい、意味がわからなかった。

会場に着くと、施設の周りで古本市をやっていて、そこで『暴力青春』というキャロルの本を五百円で買ったのを覚えている。僕は日本語を使ったロックに夢中だった。

巨大なテントがライブ会場となっており、オープニングアクトは関西初登場のＴＨＥ真心ブラザーズ。倉持陽一（当時）はサングラスをかけていたが、いかにも大学生という感じのか細い身体とアマチュアっぽい雰囲気に、僕も含めて「何やねん、こいつら」という客席からの嫌なざわつきが早くも充満し始めていた。

倉持が言った。「では一曲目、明菜ちゃん」。それは当時、自殺未遂を起こしたばかりの歌手・中森明菜についての歌だった。

「明菜ちゃん、痛かっただろうね」と、明菜が左腕の内側を切ったことに思いを馳せた歌詞で、恋人だった近藤真彦のことも随所随所に出てくる内容だった。

二曲目は、身体障害者のことを歌った内容。「僕はたしかに笑ったんだ。君の滑稽な姿を見て」というような、逆問題提起をされるような歌詞だった。

会場はすっかり彼らに呑まれてしまっていた。最後は当時のシメ曲「きいてる奴らがバカだから」。もう皆、大拍手で彼らを見送った。

途中、三宅伸治率いるMOJO CLUBに真島昌利が飛び入りしたりと色々なバンドが出た後半。ステージにいきなり誰だかわからない人が出てきた。その人はマイクを持って神妙な顔で話し始めた。

「このあと登場予定でしたザ・タイマーズですが、新幹線の途中駅で水道管破裂事故がございまして、現在そちらで足止めとなっており、残念ながら本日は出演できません。大変申し訳ございません」

会場に響く「え〜!」という絶望的な歓声。

ステージで謝り続ける主催者。

そのとき、「いい加減な情報に流されてんじゃね〜よ!」と拡声器で叫びながら、忌野清志郎扮するＺＥＲＲＹを筆頭にメンバー登場。そのまま、演奏が始まった。ほとんど音源化は無理な歌詞のオンパレード。そのうち、ＺＥＲＲＹはステージでタバコに火をつけ、プカプカ吸いながら「俺は大麻を吸ってる〜。おまわり、捕まえられるもんなら捕まえてみな！」と連呼し始めた。いつの間にかテント内の火災探知機が反応したような演出で、拡声器のサイレンが会場内に大音響で鳴り響き、阿鼻叫喚な空気に頭がクラクラした。彼らがステージを去ったあとは、会場全体が放心状態だった。

ラストで出てきた憂歌団にホッとさせてもらい、皆、ようやく家路についた。

記録に残っていないけど記憶に残っているダウンタウン

僕は昭和四十七年生まれだが、ひと回り下の年代の人から「いや〜、僕なんかはモロにダウンタウン世代ですからねぇ」という発言を聞いて、違和感を持った。しかし、ああ、そうか、売れてからが長いからいくつかの世代にまたがっているんだ、とすぐに納得した。

僕が最初に彼らを見たのは、日曜昼十二時からやっていた『お笑いスター誕生!!』という新人お笑い芸人の登竜門の番組だった。当時好きだったのは、笑パーティー、松竹梅、ちゃらんぽらん、ウッチャンナンチャン、ダウンタウンだった。そのときは中学生だったと思うが、同じクラスの安孫子君と一緒に、ダウンタウンの漫才を復唱しながら笑い合っていたのを覚えている。

その後、萩本欽一の『欽ドン!』やミスタードーナツのCMなどで彼らを見かけた。ある日、『今夜はねむれナイト』の「ダウンタウン劇場」というミニコントコーナーをたまたま見た。松本がニコニコと横笛を吹いている妖精で、山登りをしていた浜田がそこを「わぁ、妖精さんだぁ」と喜びながらニコニコ通り過ぎようとすると、急に松本がブチギレるという内容だった。それを見て腹がちぎれるほど笑いながら、僕はダウンタウンの露出が少しずつ増えてきていることが嬉しかった。

中学になると、彼らは一時間のコント特番を経て、ついに『4時ですよ〜だ』という帯番組を始め、関西地区でアイドル的な人気となる。当時、片岡鶴太郎が浦辺粂子《くめこ》というおばあさん女優の物まねで「ですよ〜だ」と言うのが流行っていて、なんでそんなところからダウンタウンの新番組のタイトルが引用されてるんやろう?と疑問に思いながら、見ていた。初回ゲストは明石家さんまで、ダウンタウンはまだまだ遠慮していた。

ラジオ番組『MBSヤングタウン』のパーソナリティーチーム（明石家さんま、ダウンタウンなど）とすでに大人気だったとんねるずのチームが野球で対決するイベントがあり、その翌日の『4時ですよ〜だ』のゲストが西川のりおで、浜田に「とんねるずがおまえらにこんなこと言ってたぞ」と観客の前で煽りにかかった。しかしそのときの浜田の応対はとても冷静なものだった。少し苦々しい顔をしながら、自分も言える立場になったときに言わせてもらう、というようなことを言ったのだ。浜田のバランス感覚を見たような気がした。

僕が関西から関東に出て住み始めた時期とダウンタウンが関東進出した時期はほとんど同じで、気持ちとしては一緒に頑張っているつもりでいた。テレビの中で先輩芸能人たちにガンガン突っ込んでいく浜田が作る緊張感いっぱいの空気にいつもヒヤヒヤしながら、東京のスタッフにいつも不完全燃焼を強いられているような松本の誤解された扱われ方が歯がゆかった。

『笑っていいとも！』初回登場の際はなぜかこちらも緊張した。頑張れと思いながら、タモリを「一義《かずよし》ぃ！」と呼び捨てにしたりする浜田の無軌道ぶりにやはりヒヤヒヤした。いつの間にか東京では、浜田は「とにかくやんちゃ」というイメージを得て、黒柳徹子も「徹っちゃん！」と呼ぶなど恒例化していたが、ある正月番組の中継で昭和の爆笑王、林家三平の未亡人、海老名香葉子のことを「おい、香葉子っ！」と突っ込んだ。すると中継先で彼女の隣にいた地元の下町の大将らしき人物が、浜田に対してマジのトーンでカメラ越しにブチギレたことがあった。しかし、スタジオの浜田は「ば〜か」と本番中は最後までそのスタンスを崩さなかった。

番組改編期は色々な出演者が集まって、クイズなどでそれぞれが顔見せをする人気番組の拡大版がいつもあった。とんねるずとダウンタウンの『なるほど！ザ・秋の祭典スペシャル』（一九九四年）での絡みは各所で語られているのでここでは割愛し、ビートたけしとダウンタウンのテレビ初絡みと思われる場面を記しておきたい。

『クイズ世界はSHOW by ショーバイ!!』の舞台を借りたスペシャル拡大版で「さてこの人は誰でしょうか？」というコーナーにビートたけしがコント風のメイクで出てきた。解答者の中にダウンタウンがいた。それまで解答席の上を端から端まで走り回ったり、どこかから持ってきた角材で解答ボタンを押したりと、傍若無人な動きを見せていたダウンタウン。当日、司会者の一人だったたけしの影は少し薄くなってしまっていた。そこでわかりやすいボケとして、そのコーナーにたけしがあらためて出てきたのだ。

皆がどうしたらいいかわからないなか、松本はとりあえずボケた。「誰でしょうか?」「タイガージェットシン!」。微妙な笑いが起こった。しかし観念したように「たけしさん?」とすぐに答えた。そのまますぐにCMに入った。提供の会社のロゴが白文字で大きく流れる後ろでスタジオの様子が映っていた。

そのとき、出演者の一人だったたけしの一番弟子、そのまんま東がダウンタウンに困り顔で詰め寄っていった姿を僕は見逃さなかった。

真面目　不真面目　生真面目

まじめよりふまじめのほうがまだよい
ふまじめよりきまじめのほうがぜんぜんよい

読書の元年

十年ほど前、「電子書籍元年」と業界がビジネスチャンスを当て込み、一方的に盛り上がった時期があった。それもその二、三年のあいだは毎年のように「元年」を唱えた。

やってきたのは電子書籍元年ではなく、高齢者や若年層にも及んだ「スマホ元年」だった。

電子書籍タブレットを新しいハード端末として期待した家電業界も、これで読者層が広がるのではないかと思った出版業界も結局、はしごを外されたような感じになってしまっている。

そもそも電子書籍が普及するには、「本を読みたい」という層が増えなければ始まらない。厳密に言えば、実生活にすぐに役立つ「情報」としての読書ではなく、何の役に立つかどうかわからない「物語」という想像力の産物を楽しむ読者層が増えることが、重要なのかもしれない。

「情報」としての読書は〈物を知る手段〉のひとつとして存在している。つまりそれが、たまたま本という形だったにすぎない。実利的な情報源として本とこれまで付き合ってきた人は、今はとっくにスマホでその欲求を満たしている。その人たちの目的は読書そのものではなく、情報を知ることだったからだ。

ああ、本を読みたいなぁという欲求は、読書時間の中に隠れているような気がする。物語に没頭しているとき、新しい思想に触れているとき、現実世界は想像力の裏側にある。現実世界の気配を感じているような状態が読書時間とも言える。その時間を体現した人は、言葉が紡ぎ出した世界の中で遊ぶことの楽しさ、快楽を経験として知っている。

文章は映像や音楽などと違って受身でも楽しめる要素がないので、想像の中で映像や音楽が展開される。だから僕は、映画の原作本を先に読んでしまった場合、いつも映画が物足りなくなってしまう。

とはいえ、このご時世では読書は根気のいる行為だ。たくさんの手軽な他の娯楽の誘惑をひとまず端っこに置いて、本という〈タフな娯楽〉の優先順位を上げるために自覚的に時間と場所を用意する必要がある。

休みの日。僕はいつも喫茶店に何冊かの本を持参し、選択肢が本しかない状態にして、その時間を楽しむ。周りの席が騒がしい場合は、イヤホンで好きな音楽を聞きながら読書を楽しむ。コストパフォーマンスのいいソフトでありハードである、本という娯楽そのものの存在を楽しむのだ。

いま、僕は部屋で本を読むより、公衆の目のある環境で本を読むことを推奨したい。先に挙げた読書環境作りの理由もあるが、本を読んでいる姿を第三者に見せるということは、読書の楽しさを見せるということでもあり、読書という娯楽行為そのものを認知させるきっかけになると思うからだ。いまはスマホをいじっている人に本を読んでいたときの楽しさを思い出させたり、もともと本を読まない人にも没頭している読書中の楽しさを身をもって伝えられたら。

これはいわば、運動だ。しかし、この運動の最も大きなポイントは、声をあげなくても、こぶしをあげなくても、引っ込み思案でもできるということ。それも、楽しみながら。読書姿を見せた人と、それを見た人とが影響し合って、読書行為が増えていく日が草の根的に伝染していく。いわゆる真の読書ブームが来る日を僕は密かに夢見ている。

本屋のおやじが楽しいなんて誰が言った

先日、原將人監督『自己表出史「早川義夫」編』をようやく見ることができた。この映像作品は九〇年代、ＶＨＳで発売されたときに知ったのだが、いつか見れたらなと思っているうちに廃盤になり、あ〜あと思っていたのだ。

内容はというと、ジャックスを解散し、ソロアルバム『かっこいいことはなんてかっこ悪いんだろう』を発売するときのインタビューや演奏シーン、オフショットなどが収録されていた。映像はとても貴重なものだったが、作品全体としては僕の期待値が大きすぎたのかもしれない。

しかし僕がこの作品で何よりも見たかったのは、若い頃の早川さんの〈態度〉だった。

実際にお会いする早川さんは、とても謙虚で言葉づかいも丁寧で、たまにぺろっと舌を出すような感じの先輩だ。僕はジャックスももちろん（後追いだけれども）聴いていたし、先のソロアルバムも聴いて衝撃を受けていたから、伝説のように思っていたその人の庶民的な態度に戸惑い、小さく安心したのを覚えている。映像の中の若い早川さんは、そのチャーミングな素顔がなるべくバレないようにしているように見えた。

僕が早川義夫を伝説的に思っていた大きな理由は、二つあった。当時の数少ない資料写真に見たおかっぱ頭やサングラスをかけた姿に、学生運動とかアングラとか赤軍派とかそういう「熱くてややこしい時代」を勝手に連想して、前時代的な印象を持っていたのだ。僕はその頃、八〇年代の終わりを生きる高校生だったのだが、雑誌のモノクロページで見る六〇年代の日本はとても昔に思えた。現在の約二十年前、つまり二〇〇〇年を思い返すことと全然、感覚が違うと思う。

もうひとつは、突然、音楽をやめて、町で本屋を営んでいると聞いたからだ。そのことを最初に聞いたとき、「お店に行って会ってみたいけど、本人はそういう人たちと会いたくなくて本屋になったのだろうな。この人とはどこまでいっても会うことはできないんじゃないか」と本気で思った。つまり、身を隠したのだと早川さんを案じた。

夏休みの図書館で単行本『ぼくは本屋のおやじさん』を偶然見つけた。その本の巻末にまだ営業中だった早川書店の地図と住所が載っていた。しかし京都の高校生には、神奈川県川崎市中原区一一一六一一二一という場所は架空の住所にしか見えなかった。偶然にも、その二年後に僕は川崎に家出するのだが。

『ぼくは本屋のおやじさん』は、本屋をするためのハウツー本ではなく、のほほんとしたエッセイ本でもなく、〈文句と愚痴と弱音の本〉だ。晶文社「就職しないで生きるには」シリーズの第一巻として出たから、まるで本屋を目指す人たちのための本と誤解されがちだが、その原稿のほとんどは現役の書店主だった早川さんが主に『読書手帖』という自身のミニコミ誌に吐露した、書店業界、客、世間に対する苦境に満ちた現状報告の本だ。どちらかというと、本屋への夢を失くすような内容の本だと思う。

しかし僕を含め、後進の書店員たちがなにかとこの本を取り上げ、まるで自分のアイデンティティーのように紹介する。それはこの本の存在感がそうさせるのではないだろうか。つげ義春夫人である藤原マキによるレトロな装丁画や、〈若さ〉とは違う境地の「おやじさん」という座り心地。そしてなによりも、町の本屋が〈本屋〉として機能していた時代への憧憬がいちばん大きいのではないだろうか。

早川さんが書いた不平不満のオンパレードは、当時の町の書店主たちの共通のメッセージであった可能性が高い。コンピューターが書店にない時代。注文では注文短冊を書くために手を動かし、急ぎの納品では取次の店売所まで足を運んでいたその姿が描かれている。インターネットを使って指先ひとつで注文も納品も完了させる現在の僕たちの簡略化された手軽さとは違い、体力と根気のいるその振る舞いの中に昭和の失われた光景が想起される。その書店主たちの姿に、本が娯楽として機能していた日々を思い描いているのかもしれない。

二〇一四年のこと。僕はガケ書房という十一年続けた店を、その年の大晦日に閉めようと心の中で決めていた。そのときに真っ先に話を聞いてみたいと思ったのは、当時、早川書店を閉めて、音楽活動を再開していた早川義夫さんだった。

自分の立ち上げた店を閉めるということ。そこに去来した思いを聞いてみたかった。それを聞いたからといって、何かが変わるというわけではない。ただ、早川さんのときはどうだったんだろうと聞いてみたかった。

その日の早川義夫トーク&ライブで、店を閉めた日のことについて聞くと、早川さんは開口一番、こう言った。

「いや〜すっきりしましたね〜。ホンットに肩の荷が下りた感じでした」

ああ、本当にそうなんだろうなぁと思った。僕も実際に閉めたあとのことを想像すると、そう思うことが予想できたからだ。

現在の書店業界についても聞いてみたが、もう早川さんの中で本屋時代の話は本当に過去のものになっているようだった。名著『たましいの場所』に書いてあった本屋時代の回想をご本人の口からもう一度聞くということに終始した。

結局、その日、僕は最後まで早川さんに自分の店を閉めるということは言えなかった。早川さんはガケ書房のことをしきりに褒めてくださっていた。

「自分もこんな店がしたかった。なんでこういうふうにしなかったんだろう」と。

チャーミングな元・本屋のおやじさんは、もうすぐ役目を終えようとしていたガケ書房の店内でそう言った。

ト書き

空港、洋子の傍らで愚図る博史
あいにくといったポーズで距離をとる旬のタレント
思いきり駆けてくるサブローの肩越しからＢＧＭ
ラーメン屋カウンター、外国人の荒呼吸
インタビューに答える知美
場面変わって、照明の落ちた店内

わっと泣き出す父

静かな旋律が流れる中、回想する陸上部員

整髪し、すっきりとした顔で現れた亮と明

けたたましい音に包まれ、

唄い出せないストリートミュージシャン

去っていく初恋の人、その背中に

好きだから会えない人

坪内祐三『みんなみんな逝ってしまった、けれど文学は死なない。』（幻戯書房）

二〇二〇年一月に亡くなった坪内祐三さんの文芸コラムを拾遺した単行本。享年六十一。直接面識はなかったが、坪内さんの本が出るたびに心躍らせて読んでいたので、今後は単行本未収録のものか未発表の類いの文章しか読めなくなることに大きな損失を感じている。

実は会う機会があったのに、それを故意に避けるくらい好きな文芸評論家だった。なぜそのような心持ちになったのか。好きゆえに嫌われたくない、嫌いたくない。自分の浅はかさを悟られたくない、自分に自信がない。

なぜか坪内さんと生前、距離をとっていた人はそういう心持ちの人が多かったようである。僕の知り合いの編集者もファンゆえに、自分が作った本を献本できないと話していた。

この本のタイトルは存命時に決まったのかどうかわからないが、坪内さんは追悼文の名人だったので、皮肉なタイトルになってしまったように思う。これを手にする読者の一人ひとりが同じセリフをご本人に手向けているのかもしれない。亡くなった年に『本の雑誌』と『ユリイカ』から坪内さんの追悼特別号が出たのだが、ご本人がいちばん読みたかっただろうし、コラムを書きたかっただろう。

肝心の内容は、大小さまざまな出版社の雑誌に寄稿された拾遺もので、古くは十六年前から最近では刊行二年前まで、追悼寄りの文芸コラムが収録されている。

この本には、現在、普通に暮らしていてはなかなか口にしない名前がたくさん登場する。福田恆存、梅棹忠夫、山口昌男、常盤新平、秋山駿、大西巨人、中川六平、正宗白鳥、長谷川四郎、福田章二、十返肇、岡田睦、吉田司など、坪内ファンなら「らしい人選だな」と安心する顔ぶれだが、知らない人は「この名前なんて読むの」と一度立ち止まってしまう、ある意味、メディア上では忘れ去られた人たちと言える。彼の意志を感じる人選。

僕が印象深かったのは「『群像』で辿る〈追悼〉の文学史」という項で、「文学者が死ぬタイミング」という箇所で坪内さんはこう指摘する。

「ところで、文学者には死ぬタイミングというものがある。いかに長寿社会になったとはいえ、先に紹介した庄野潤三や安岡章太郎や阿川弘之のように九十歳近くあるいはそれ以上生きると追悼号は薄い物になる」

不謹慎な話だが、その死が唐突であればあるほど、マスメディアはドラマに仕立てやすい。もちろんそれは、亡くなった人の認知度やキャラクターありきで成立することだが、こと文学者や評論家になると、現在ではほんの一握りを除いて、世間の認知度はどうしても低くなる。

さて、坪内さんの「死ぬタイミング」はどうだったのか。たしかに唐突ではあったが、圧倒的に早かったと思う。彼の筆でコロナ禍や令和の文学について読んでみたかったし、なにより渋好みだった「坪内祐三自身の老境」を記すことで、大きな賞を受賞できたのではと思うと本当に残念でならない。

透明な垢

荻原魚雷『中年の本棚』（紀伊國屋書店）

誰にでも等しく「中年」という重層的な過渡期がやってくる。それは、いちばん人生が充実している時期かもしれないし、いちばん苦しい時期かもしれない。

この本はその混沌とした年代に焦点を当て、これまでに発表された中年に関する小説やエッセイを著者自らの境遇と照らし合わせながら考察した本だ。著者である荻原魚雷氏は、執筆時五十歳。職業はライター。つまり、自由業だ。四十三歳の頃からこの連載は始まっていて、彼の戸惑いが記録されている。

「四十不惑」という孔子の言葉があるが、彼は「四十初惑」という近年の中年諸先輩方が残した言葉に共感する。人生八十年の現代では四十代はまだヒヨッコなのだと納得する。

実際、普通に暮らしているぶんには四十歳になったからといって、大きな変化は起こらない。先に変化が起こり始めるのは、自分ではなく周囲の環境だろう。

いつの間にか年下が増えている。あまり大きな失敗ができなくなる。注意してくれる人が減ってくるなど、むしろ足元がぐらつくようなことが増えてくる。

僕の個人的体感でいえば、四十五歳くらいから体にも変化が訪れた。白髪の増加率が上がり、老眼がきた。本を読む楽しさは年々増しているのに、体はそれに反比例していくようだ。

また、この本の中でハッとしたのは、「津野海太郎も関川夏央も、中年シングル男性は、健康だけでなく、髪型や服装にも無頓着になりやすいと指摘する。自分が若者だったころのセンスのまま時間が止まってしまう」という箇所だ。

僕はシングルではないが、完全にこれにあてはまる。ほとんど二十代の頃と服装スタイルが変わらない。今はもう年相応の恰好をする人が少なくなったが、年相応の恰好をしていたかつての中年の諸先輩への拒否反応というのも少しはあったのではないかと思う。

紹介されていた本でぜひ読んでみたいと思ったのが、昭和の文芸評論家・中村光夫の著作だ。四十八歳のときに発表された『文学の回帰』の中で「小説を頭から真にうける年齢を少しすぎてしまった」と書き、評論家として自分の限界について考えるようになる。また、五十代に入ると「文学自体に興味を失ったわけではなく、東西の古典は、やっとこのごろになっておもしろ味がわかる気がするのですが、現代文学の生きた流れが、ひとごとのように見えてくるのは批評家として失格です」と正直に綴る。そして、老境に入ると「われわれが人生を生きた後、確かに人生についての知識と、それから実地の経験は積むかもしれないけれども、人生そのものに対して、つまり人間の生き方に対して肝心の興味を失ってしまうことが大部分です。（略）それでは文学がわかるもわからないもない」という境地に至る。

人生の垢のような「無頓着」に注意せよ。

思い出話は再発見のためにある

なぎら健壱『高田渡に会いに行く』（駒草出版）

一九九〇年代、音楽を聴くことに貪欲だった二十代の頃、すでに高田渡の名前を耳にすることは少なくなっていた。当時、レコードの名盤がCD化していく流れの中でフォークグループ「五つの赤い風船」とカップリングになった彼の最初のアルバムを買った。とぼけた味を醸し出しながら、朴訥で風情がある歌声だなと感じた。

二〇〇〇年代に入って、映画『タカダワタル的』の上映もあり、リバイバルブームともいうべき動きが起こった。その矢先に高田渡は亡くなってしまった。

もうそこからさらに時間が経っている。今の二十代で高田渡の音楽に触れたことのある人はどれくらいいるだろうか。九〇年代でさえ、こちらから能動的に聴きにいかないと触れられなかったというのに。本書にも書いてあったが、吉田拓郎でさえも知らない若者がいるという現実。だからといって、その若者がダメだということでは決してない。彼らには何の悪気もない。本当に知らないだけだ。

語り部のなぎら健壱は、日本のフォークの生き証人のような人だ。同時代の目撃者としてたくさんの私的な記憶が綴られている。また、細やかな神経で断り書きや注意書きが丁寧に配置されている。自身もフォークシンガーであるが、その語り口は落語家のように饒舌だ。実際に思わず笑ってしまう箇所がこの本にはたくさんある。その面白さとは、普段の高田渡の人間臭さだろう。

高田渡の見栄や意地や虚勢や甘え。それらが身近にいた人たちのインタビューからエピソードとして披露される。読んだ感想としては、彼はひねくれ者で頑固で甘えん坊という印象だ。残された唄たちはカッコよくあり続けるが、人間・高田渡はどこか憎めないカッコがつかない人だったようだ。

亡くなった原因でもあるお酒にまつわるエピソードが多いが、実際はお酒は強くなかったという。

「飲みニケーション」という言葉がある。高田渡はお酒そのものではなく、どうやら飲みニケーションが好きだったようだ。晩年はお酒に飲まれた状態でステージに上がることもしばしばで、挙句の果ては歌いながら寝てしまい、それがひとつのキャラクターになってしまっていた。

当時よく共演していた息子でありミュージシャンの高田漣は、インタビューでその風潮への疑問と反発を回想している。本当はしてはいけないことなのに、肯定される雰囲気が当時あった。

それに甘える高田渡。実はまだ五十代だったのに白ヒゲで老人のような見た目だったので、どこか仙人のような、何でも許してしまう「存在の有難さ」のようなものを観客は感じていたのかもしれない。

この本は、実兄、元妻、バンドメンバー、息子、友人らが、なぎら健壱というフォークシーンの表も裏もすべて知り尽くした人物と話すことで、当人たちも忘れていた思い出を掘り起こした第一級の資料だと思う。

文化系男子の結び目

世田谷ピンポンズ『都会なんて夢ばかり』（岬書店）

　世田谷ピンポンズとは、バンドではなく一人ユニットの名称であり、芥川賞作家となった又吉直樹が彼の作品に詞を提供するなど文学の香りのするフォークシンガーだ。

　初めてのエッセイ集である本作は、「不幸なことに不幸がなかった」という彼の半自伝で、優しい両親のもとですくすくと育ち、大学進学で上京し、歌い始めた頃までを自省や皮肉を込めながら率直に綴った内容。

　女性と付き合ったり、人気者になりたいという願望を、自作の歌の中で叶えることで解消していた学生時代。一歩外へ出ると、いつもヘッドホンで音楽を大音量で聴き、自分の殻に閉じこもる。そんな暮らしぶりなものだから、大学では結局、友達が一人もできずに終わる。

　週に一度、実家のある栃木に帰省するほどの、内弁慶でコミュニケーション下手の若者だったが、現在は無事に彼女もでき、人前でライブもできる大人になった。しかし、このような閉じこもり系の若者は特に地方出身者に多く、東京にはたくさんいると思われる。

恥ずかしながら、僕自身もそんな若者だった。ウォークマンで外部の音をシャットアウトし、自分の好きな世界だけ、自分に都合のよい解釈の世界のみで街歩きしていた。

その行動心理には、自信がないゆえの根拠なき願望にも似た自信があり、傷つけられることへの恐怖があり、同世代への焦りと嫉妬があり、将来への不安がある。二十代というのは、ひとつ年を重ねるごとに脅迫にも似た焦りを感じる年代だったと思う。

自分は何も成し遂げていないと思うと、三十歳という区切りに近づく感覚は毎年毎年、強迫観念となる。昔、「ドント・トラスト・オーバー・サーティ（三十歳以上の奴らを信用するな）」という若者の合言葉があったという。自我が目覚めて、社会に出て、これまで無責任に歩んできた「若者」という猶予期間からはじき出される三十歳というリミット。その後の人生を知っていれば、三十歳など取るに足らないとわかるが、その真っただ中の心境は不安に満ちている。この本の中の住人たちも、そのような焦燥感に煽られながら、お気楽に音楽を続けていく者や郷里に帰って就職する者などに分かれていく。

類は友を呼ぶのか、ヤンキーにおちょくられても何もしないような内気な彼と仲良くなる友人が幾人か登場する。昼間は公園にいる人たちに遠慮し、夜に酔いにまかせて一緒に歌う男、バンドの方向性に嫌だと言えずに、ストレスが溜まった挙句に脱退してしまう男、仕事を辞める際に自分の編集したテープを配ってセンチメンタルに印象をつけたがる男など、個性的でどこか思いきれない青春物語が展開される。

しかしここに登場する彼らに共通しているのは、みな、一様に気持ちが優しいということだ。これは、傷つきたくないし、傷つけたくないという文化系男子たちのスローペースな友情の結び方の典型のような気がする。

そこにいたのはかぞく

あの親子を見たのは大きいスーパーのレジ
みんな分厚い黒縁メガネをかけていた
お父さんはモモヒキにタラコクチビル
お母さんはオオカミヘアーにボンレスハム
長女はゴワゴワのロングヘアーにスパッツ
次女はピンクのミニに白のロングソックス
熟年夫婦と中高生になった娘たち
たくさんの食材を買っていた
大根　納豆　豚肉　ケーキ　牛乳　卵
大根　納豆　豚肉　ケーキ　牛乳　卵
とても仲がいい
少し放心したお父さんの開いた口もと

なにか話しながら袋詰めをするお母さん
値段の話をしながら手伝う長女
先に自分のお菓子だけ手に持つ次女
ほとんど兄妹のように顔がいっしょ
笑顔がいっしょ

となりには雑誌から抜け出たような親子
背が高くベストを着こなしたお父さん
カールした髪と白いリネンのお母さん
長女は白シャツに淡い緑のカーディガン
次女はタータンチェックの学校の制服
熟年夫婦と中高生になった娘たち
たくさんの食材を買っていた
大根　納豆　豚肉　ケーキ　牛乳　卵
大根　納豆　豚肉　ケーキ　牛乳　卵

とても仲がいい
笑顔を絶やさず袋詰めをするお父さん
娘たちに日焼け止めの話題をふるお母さん
スマホを操りながら最新情報で答える長女
となりの雑貨屋をのぞきはじめた次女
ほとんど兄妹のように顔がいっしょ
笑顔がいっしょ

長女どうしはたぶん、同じ学校
日曜日は今週も終わる

作家の居心地

行司千絵『服のはなし——着たり、縫ったり、考えたり』(岩波書店)

服をとっかえひっかえ色味や柄を毎日変えながらおしゃれを楽しむ人と、毎日同じ色味の服で過ごす人は、どこで分かれるのか。

僕はまごうことなき後者の人間だ。普段、黒っぽいシャツにジーパンにコンバースという三原則からはみ出ることはない。シャツの後ろはどうなっているかとか、ジーパンは必ずブーツカットでコンバースはローカットとかいう小さなこだわりがあるが、他人から見ればずっと同じ格好に見えていると思う。

思えば、母親が買ってくる洋服に違和感を感じ始めた頃が分かれ目だったのかもしれない。あれは小学六年生あたり、自分で服を選ぶのが嬉しくて、お気に入りの服を着て過ごすことにテンションがあがった。センスなどおかまいなしに色味などまったく無視して、どんどん派手な恰好になっていき、最終的にはピエロのような服装をしていたのを覚えている。

その後、その反動がきて、高校からは色味が地味に固定した今のスタイルに落ち着いた。もう腰が重い。今のスタイルを変えようとは思わない。服に投資するお金もあまり持ち合わせていない。そんな心持ちで過ごしていた僕と著者である行司千絵さんは約十年前に出会った。

当時切り盛りしていたガケ書房という店に入ってきた行司さん。上下左右、不思議なものを見るような顔でキョロキョロと店内をねり歩く。服装はコム デ ギャルソンのような恰好をしていた。そのわざとらしい仕草と服装を見て、最初、「あ、演劇の人かな？ サブカル少女だった人に違いない」と思った。

レジにやってきたその人が差し出した名刺には、とある新聞社の記者だと記されていた。嘘っぽいなぁと思いながら話を進めていると、その人はサブカルの知識はほとんどなく、単に自信がなさそうな自虐的なキャラクターの人だった。そのギャップが面白く、それから定期的に情報を交換するような間柄になっていった。行司さんが趣味で服を作っていると聞き、なにげなく展示の提案をした。そのことはこの本に詳しい。

彼女の特異さは、服が身近な興味としてあり、自身でもたくさんの人に服を創作し、服の歴史にも詳しいのに、自分のことを「イケてると思っていない」というところだ。この本の帯に書かれている言葉。

「わたしの気持ち。他人の視線。装うことへの圧と悩み。」

このアンビバレンツこそ、彼女の持ち味だと思う。

「作家」とは決して名乗らず、顔の見えない人の服は作れず、彼女の半径一メートル以内に入ってきた人の作成依頼に迷いながら、服を作ってきた。

この本はそんな彼女の洋裁の履歴書であり、戦後の服飾の履歴書だ。服は元来、買うものではなく作るものだったということをひとつの奈良の家族を通して、思い出したり知ることができる。洋裁好きの女性が新聞記者だったという巡り合わせが生んだ、おもしろい本だと思う。

食卓の照度

久保明教『「家庭料理」という戦場——暮らしはデザインできるか？』（コトニ社）

著者である久保明教は、美味しいレシピを考案する料理研究家ではなく、素敵な暮らしを提案するエッセイストでもなく、客観的に人間周辺を考察する文化人類学者だ。彼は知人が発した「私、結婚したら毎日違う料理を作るんだ！」という発言を聞き、ふいに「家庭料理」という、家族をつなぐコミュニケーションツールに興味を抱いたという。

さっそく、一九六〇〜二〇一〇年代に発売された様々なレシピ本を収集し、その変遷をあぶり出した。この試みで特筆すべきは、膨大な資料だけに頼った頭でっかちな研究ではなく、実演を伴ったルポだということだ。

八〇年代に「美しい時短」を提唱し、忙しい主婦たちの味方となった小林カツ代と、九〇年代に外食のニュアンスを食卓に取り入れライフスタイルまるごと「ゆとりの空間」として演出した栗原はるみの、それぞれのレシピをコースごとに著者自ら再現調理し、友人たちによる実食対決が行われている。

また、「手作りの重視」と「食の簡易化」という相反するところから生まれてきた現代の「我が家の味」にも言及していて、岩村暢子『変わる家族 変わる食卓――真実に破壊されるマーケティング常識』(中公文庫)、阿古真理『うちのご飯の60年――祖母・母・娘の食卓』(筑摩書房)など、すでに発売されている同類の本を取り上げて、その内容を紹介しながらも自身が感じる違和感や疑問点を記している。

手作り料理とは、そのすべてを原材料からこしらえた自給自足の食卓ということではなく、スーパーで買ってきた食材や調味料、ソースなどを使って、ひと手間加えた日替わり料理のことを指す。実はそれが主流になったのは高度経済成長期で、現在、六十~七十歳の主婦層の時代だ。この世代は、次々発売されたインスタント食品を食卓に活用し始めた世代でもあり、自分の母親世代とは断絶した新しい食生活を実現してきた人々らしい。

そのような「手作り」が重視されてきた過程には、贈与の関係が潜んでいると著者は引用を交えながら指摘する。外で稼いでくる夫に対し、手の込んだ料理という贈り物を与え、自らの存在意義をかけた闘いに挑んでいった主婦たち。シンプルにお互いへの感謝があれば存在意義をかけるようなことにはならないとは思うが、そうした歪な夫婦の形が生まれた背景には「戦争」という非日常な時間で構築された関係性というものがどうしても残っているのかもしれない。

たしかに僕はあの人を見たんだ

中村高寛『ヨコハマメリー――白塗りの老娼はどこへいったのか』（河出文庫）

二十歳になるかならないかの頃、横浜に住んでいた。時代は九〇年代に入ったばかり。周辺にはまだたくさんのホームレスがたむろしていて、最初は少しひるんだが、街で暮らしていくうち、風景の一部として認識できるようになった。

街にも慣れ、休日に伊勢佐木町あたりを歩いていたら、ふいにその人が立っていた。顔は真っ白な厚化粧で、服もほとんどが白、日傘をさし、少し腰が曲がっていた。最初、遠目にその人を発見したとき、背筋がゾワッとしたのを今でも覚えている。そのいでたちに存在感がありすぎて、街に同化しきれずに文字通り地上から「浮いて」いるように見えたからだ。

平静をなんとか取り戻し、少しずつ歩みを進めていった。近づくにつれ、もしかして大道芸のピエロか何かなのかなと思い始めた。というのも、その人は前をまっすぐ見据えたまま、ピクリとも動かなかったからだ。緊張しながら、横を通り過ぎた。

この本は、「メリーさん」と呼ばれたその不思議な人のドキュメンタリー映画『ヨコハマメリー』の制作記である。この映画が上映されると知ったとき、「あ、あの人は自分だけが見た幻のような人でなく、みんなが気になっていた人だったのか」と妙に納得した。書かれている内容からその人の内実を知ることになった。

副題にもある通り、メリーさんは娼婦として生き、家がなく、夜になるとビルの廊下の折りたたみ椅子で寝るという生活をしていたらしい。

監督である著者が取材を始めた頃、すでに彼女は街から姿を消し、故郷に帰ってしまっていた。その足跡を探るべく、実際に関わりがあった人たちに話を聞くのだが、進めば進むほど、彼女の作中での扱いの難しさを痛感する。さらに周辺のクセの強い人たちの意見や事件で、著者は何度も疲労困憊する。

この本の主人公はもちろんメリーさんだが、実際に後半、最も多く登場するのは、メリーさんの親友で永登元次郎《ながとがんじろう》というゲイのシャンソン歌手だ。なぜかウマが合った二人は後年、メリーさんが故郷に帰ったあとも交流を続ける。著者が映画のクライマックスとして決めていたのは、メリーさんの姿にかぶさる元次郎の歌う「マイウェイ」。しかし、そのシーンを撮るなかで元次郎はガンになってしまい、撮影スタッフも心身を壊してしまう。

作中で著者がずっと自らに問い続けていたのは、メリーさんという存在を自分はどうしたいのか?ということだ。かつての僕がそうだったように、興味本位がどうしても先立ってしまう存在。その素性や経緯にドラマ性があるのはわかっているが、本人のことを思うと、それを暴露したり、過去をほじくり返したりという作業に葛藤が生じる。作り手のエゴと取材対象者の事情。

この問題は、ドキュメンタリーというジャンルの必然的な問題だ。そこに自分なりの答えを見つけた者だけが、作品を本当の意味で完結できるのかもしれない。完成まで約十年を費やしたこの作品は、今も著者の中では終わっていないようである。

すべての病人

眠れない二日目
目をあければ暗い部屋
目をとじたら自分だけが待っている
ふって湧く　気になる突然の数々
死ぬときの孤独に一番近い時間帯

僕が子どもの頃
太陽だったアントニオ猪木は
最晩年　夜中の三時に　実姉に
病床から電話をかけたという
弱音を吐いたという

尊敬する猪木さん
永遠に続くようなあの闇を
切り裂きたかったその気持ち
少しだけ　とても　わかります

あんなに孤独にまとわりつく枕は
朝　いつも石ころになっている

見れない風景を見た人

田家秀樹『風街とデラシネ――作詞家・松本隆の50年』（角川書店）

キャリアと業績にあふれた人が記事になるとき、大概はそのバイオグラフィーと代表的な仕事のエピソードを振り返ることになる。

作詞家の松本隆さんも、インタビューではいつも彼がドラムと作詞で所属した「はっぴいえんど」のことから始まり、初期の名作「木綿のハンカチーフ」のこと、それから松田聖子を軸に八〇年代の歌謡曲黄金時代のことなどを中心に聞かれることになる。

この本のインタビューも当初はそんな感じで企画されたのかもしれない。しかし、著者・田家秀樹さんが他のインタビュアーと大きく違うのは、はっぴいえんど時代の松本隆の最初の「業界の洗礼」ともいうべき出来事、いわゆる「英語日本語論争」（日本語はロックのリズムにノルかという内田裕也らとの座談会）の舞台となった雑誌『新宿プレイマップ』の編集部員だったという歴史的事実だ。

松本隆を取り巻くたくさんの証言者がこの本には登場するが、実は著者自身もその資格があるという稀有な評伝である。

この本で頻繁に出てくる言葉がある。「通底」と「あっち側、こっち側」だ。前者は松本隆の仕事ぶりであり、後者はその仕事で関わった人物たちのポジション。そして、もうひとつの大事なキーワードである「デラシネ（根なし草）」をそこに加えると、松本隆という人の気質が透けて見えてくるようだ。

それらを絡めながら、物語は「同時代を生きてきた著者」によって、これまで発表されてきたどの松本隆作詞ヒストリーよりも深淵へと進んでいく。

松田聖子に至っては、実に四章にもわたってその軌跡とエピソードが綴られる。そこでわかってくるのは、国民的アイドルとなった松田聖子という芳醇な土壌で、松本隆がやりがいのある「大衆への実験」をし続けたという検証結果だ。歌詞はもちろん、作曲家の選別、アルバムコンセプト、歌い方にまで神経を注ぐ。それは刺激的ではあるが、リスクもあるスリリングな体験だったのではないだろうか。日本の音楽シーンを名実ともに牽引しているという選ばれた人間だけの自覚。当時のことを彼は「歌番組は自分の曲が多くって通信簿見てるみたいで嫌だったから見ないようにしてた」と回想している。

いちばんの意外な掘り出し物は、「あのねのね」のアルバム『共鳴』の紹介だ。このアルバムは活動を一時休止していたあのねのねの復帰作として一九七六年に作られたもので、全作詞が松本隆、全作曲が加藤和彦、全編曲が瀬尾一三でナッシュビル録音という豪華なアルバム。この三者による仕事はこれが最初で最後らしい。今回取り上げられなかったら、ほとんどの人が知らない歴史だっただろう。他にも、岡田奈々を取り上げることで、そこに初めて登場した「ズック」という単語の系譜を紹介している。

岡田奈々「若い季節」〜原田真二「てぃーんず ぶるーす」〜近藤真彦「スニーカーぶる〜す」（ここではあえてスニーカー）〜藤井隆「絶望グッドバイ」という流れでひとつのキーワードの昇華をあらためて知ることができる。また、森山良子、加山雄三、山瀬まみ、大竹しのぶ、矢沢永吉など普通のヒストリー本では出てこないであろう提供詞の話も登場する。また、何人もの歌手が実際に歌を入れる際、歌詞に感極まってしまい歌えなくなるという「松本隆あるある」には素直にびっくりした。

さらに目から鱗だったのは、定説となっている初めての他人への提供詞が、チューリップの「夏色のおもいで」ではないという事実。正解は本書で確かめていただきたいが、こうしたことひとつをとっても、貴重な第一級の資料本と言えるだろう。

そして僕は今、なぜか、プライベートで松本隆さんと付き合いがある。そんなことになろうとは想像もつかなかった。ふだん京都で会う松本さんはなんの気負いもなく、気楽に話ができる存在だ。あまりにも距離が近いのでたまにその人が「松本隆」だということを忘れそうになる。

しかし、目の前のその人は常人では見ることができない風景をたくさん見てきて「今」がある人なのだと再認識させてくれるに充分な本だった。

オープンカーは全員で無視しよう

久しぶりに市バスに乗っていたら、後ろの座席から若い女性二人組の会話が聞こえてきた。
「オープンカーに乗ってる人って、なんでかカッコいい人いいひんよな」
「ほんまやな」

まさにそのとき、バスの横をオープンカーが走っていたのだろう。なにげないそのやりとりに僕はニヤリとしながら、彼女たちはすごく重要なことを指摘していると思った。彼女たちの今回のカッコいいの基準はもちろん男性の見た目のことだと思うが、実は見栄やコンプレックスという人間行動学を端的に物語っているような気がしたからだ。

当然、オープンカーに乗っている人が皆、カッコ悪いとは言えない。しかし、オープンカーを選ぶという心理は、普通の車を選ぶことより一般的にはやや過剰な気がする。屋根をオープン状態にして街中を走るというのは、風を受けて気持ちいいというより注目を浴びて気持ちいいのほうが勝っているかもしれない。いまどきは、オープンカーに見とれる人は実際はもう少ないと思うが、乗っているほうはどうなのだろうか。オープンカーがカッコいいと思えるのは、世代的に四十代以上のような気がしている。本当に個人的な感想で恐縮だが、バブリーな感覚を自覚できていないことを街中で白ら晒しているような行為に見える。

もちろんそうではなくて、車好きがついに叶えた純粋な夢の場合もあるだろう。しかしそうだとしても、他者を意識した高揚感のために乗っているというふうに誤解されやすい車だと思う。

動物行動学によると、弱い動物ほど姿を大きく見せようとし、繁殖期にオスはメスにモテようと体に派手な色味を帯びたりする。それは人間も例外ではなく、特にコンプレックスのあることに対しては、外に向けてやや過剰なアピールをしてしまう傾向にあると思う。

カッコよく思われたいとか、賢く思われたいとか、かわいく思われたいなど、他者からの評価をわれわれは多かれ少なかれ、どうしても気にしてしまう。それがあるから社会的なバランスが保たれている場合もあるし、変なプライドが問題をややこしくする場合もある。

本屋の店主をしている風景から見えてくるのは、買っていく本から大きく分けて二種類のお客さんがいるのだなということだ。

旅（秘境などではないほう）や、暮らしを彩る道具や、故人となって伝説に祭り上げられた人の言葉など、「移動とアイテムとブランド」の本を主に買っていく人。

日々の個人的な悩みや、社会問題を直接的な題材として扱っているものや、テーマ性を帯びた文学作品など「解決の道と探求心と空想の時間」の本を主に買っていく人。

この二つのタイプの本のムードをまたがって買っていく人はほとんどいない。不思議だが、よっぽどバランス感覚のいい人でないとまたがらない。

前者はどちらかというと現実逃避で、後者は現実直視という感じだろうか。イメージ的には前者は楽しそうで、後者は苦しそうだ。

僕は完全に後者タイプの人間だが、読書ライフという意味ではとても充実している。外面よりも内面にしか興味がないので、街角ではもう誰とも目を合わせないし、誰のことも見ない。もちろんオープンカーが視界の片隅に入ってきたら完全無視してしまう。

店に立つときもなるべく駄菓子屋、もしくはタバコ屋のおっちゃん的な心意気で臨んでいる。自分で選んだ本を並べるような店をすると、自分は「知」を提供しているんだというような大仰な感覚にとらわれる危険性をはらんでいると思う。

店で売っているのはあくまで他の誰かが紡いだ思想で、店主はただそれを選んだにすぎない。その選ぶのが大変なのだという見方があるが、実はそのほとんどを読んでいない可能性が高い。僕は説明はできるが、読んでいない。物理的に無理だからだ。並べている本のラインナップを自分の手柄のような顔つきで売るのは、オープンカーの運転手の心的構造と似ている気がする。

また取次が生まれる

二〇二四年のエイプリルフールを迎えると、ホホホ座に移転・改名してから丸九年となる。前身のガケ書房はきっちり十一年やったので（開店日と最終日が同じ二月十三日金曜日だった）、合わせると創業二十年になる。

よくも騙し騙しやってきたものだと我ながら思う。

約二十一年前、個人で本屋を始めようとする人はほとんど絶滅危惧種だった。個人経営のいわゆる「町の本屋」はほぼ自然淘汰されており、書店はチェーン展開の一環として、グループ会社が在庫量を売りにした店を新規開業していくような時代だった。

当時の感覚としては、書店を始めるうえで取次と契約することはマストであり、チェーン店で修業した僕にとってもマストであった。

いま思い返せば、僕が取次の人たちとの会議に持っていった資料は、具体的な数字や詳細なデータなどまったく書いていなかった。いわゆる事業計画書の形を成していなかった。こんな本屋をやりたいというアイデアばかりを書いた内容の紙を持って、はったり半分で半日くらいかけてそこにいた人たち全員を説得していった。もちろん、資金がそれなりにあるということも物凄く大きい要素だったとは思うが、それはその時点ではただ口でそう言っているだけであり、そのとき真面目に話を聞いてくれた取次の方たちの能天気さ（失礼）と優しさに今では感謝するばかりだ。

書店業界では特に今、取次の存在は疑問視されたり、不必要な雰囲気があったりするが、取次と契約している身からすれば、本当にあってよかったと思っている。規模にかかわらず全国大小の出版元の情報を一括提供してくれ、本を仕入れた出版社の数がどれだけ増えても窓口はひとつ。ましてや一冊から送料無料で送ってくれて、売れ残った商品は送料無料で返品できる（これは出店地域にもよるが）。

実はこの返品という行為は本という特殊な商材にとって、とても重要な特権だと思う。たとえば、りんごの品種は色々あるが、りんごそのものの味は変わらない。食べるほうも、りんごの基本的な味をベースにしたうえでのニュアンスの違いを楽しむことになる。しかし本は、内容はもちろん、大きさ、形、厚さ、重さ、デザイン、組版、フォントなど、そのすべてが現物を見てみないとなかなか予想できない。そういう意味でとりあえず仕入れてみるという試みができるというのは、本の特性に合っていると思う。毎日、山のような数の本が世間では出版されているが、その約八割が自店には合わない本だったりするからだ。

そして実は今、取次は再構築され始めようとしている。いわゆる大手取次（日販、トーハン）と契約していない独立系書店も個人出版社も「トランスビュー」「一冊取引所」「ツバメ出版流通」「子どもの文化普及協会」など流通を統括してくれるサービスと契約を始め、結局、大手取次に似た流通構造で業界が再び動き始めているのだ。これらのサービスが大手取次と違うのは、まず高額な保証金（閉店時に全額戻ってくる）が発生しないということ。そして、買取と注文ロットの条件があるというのがほとんどだが、契約の種類によっては、本当の意味での委託販売（半期に一度、在庫調査をして売れた分だけ清算する）もあるということだ。

こういう構造になるのは当然のことで、もともと大手取次が生まれてきた背景には、出版社と本屋の様々な事務作業の簡略化や流通経路の共同構築という目的があった。業界の仕事を続ければ続けるほど、その問題と必ずぶつかることになるだろう。取り引きする出版社がどんどん増えていくからだ。

実は取次は、誰かが自分の利益のために無理やり作った機関ではなく、皆の要望により自然発生的に生まれたシステムなのである。

いま仮に僕が新たに書店を始めるならば、なんとかお金を工面して、あの手この手で交渉しまくって、絶対にまた取次と契約するだろう。それは、取次を使わない書店が増えているというのも大きな理由だ。自分の店はそれらとは差別化したい。店頭には、毎号でなくても付録が面白い号の『幼稚園』（小学館）も並べたいし、客注のベストセラー本にも対応したい。

取次側ももっと色んな人が新規参入しやすいように、保証金の金額など条件を再構築するべきときに来ていると思う。

大手取次の海原はとても大きい。定番の魚も珍魚もリスクなく仕入れられる。そこから外れたところだけで勝負すると、ため池のようなところから珍魚ばかりしか仕入れられなくなる。そして、どの個人店に行っても、「見たことのある」珍魚ばかりが並べられている。ふだん本屋に行かない人は「珍しい！」と叫ぶだろうけれど。

つまる／つまらない

ため息の対話／吐息の合唱
問いが欲しい女性／答えが欲しい男性
後悔したい本質／期待という試練
さようならというもったいぶった言葉／知らないという捨て台詞
記憶の錯覚／記録の修正
ダイエットのものまね／スマートという貧困
人格者の提言／くじ引きの偶然
アプリまかせ／でまかせ
その日だけの日々／その日ごとの日々
安易／作為
どこにも転がっている投稿／夕方に置いた独り言
ゴールしか見えないゴール／産声の唄うメロディ

限界に残されたのは無限／無限に追い出されたのは限界

やました
Toprec
京都800
い 19-06
KYOKUTO
パワーゲート

ガケ書房のあった場所

そこは今も同じ場所にある。外観は変わっても見覚えのある外観。僕のオリジナルな要素がなくなっただけで、元々の建物は何ひとつ変わっていない。ホホホ座浄土寺店と同じ区内にあるから、今もよく車で前を通る。しょっちゅう通るから、もうしげしげと見たりもしない。

今は幼児向けの学習施設になっている。そこももう結構長い。小さい子どもがもういない僕には、そこに入る理由が見つけられない。

外から建物をただ眺めるだけだ。しかし、今でも中の様子はすぐに思い出せる。あそことあそことあそこに柱があって、照明が変わっていなければあの明るさで、入口の対角線上を一番どん突きまで行くと外のガレージに通じるドアがある。そこからガレージに出ると、小さい倉庫があって、毎朝そこに取次からの本を配達してもらっていた。

隣のおばあさんは元気だろうか。店内ライブのたびにいつも音のことで事前に了承を取りにいった。おばあさんはいつも「なんにも聞こえないからわざわざ言いに来なくても大丈夫よ」と言ってくれたが、本当に聞こえていなかったのだろうか。

道を挟んだ古い不動産屋のおかみさんは愛想よく、挨拶をするといつも短い世間話をしてくれた。旦那さんは最初、挨拶しても完全無視するような人だったが、何かのきっかけで話すことがあり、実はとても優しい笑顔の人であることがわかった。しかしその後、挨拶してもたまに微妙なときがある謎の人だった。こちらが店を引っ越す何年か前に先に不動産屋は引っ越していった。

何軒か隣に住んでいた土建屋の社長は、いつも子犬を散歩させている姿が思い出される。まだオープン準備をしているときに業者さんに一瞬だけ車を移動してほしいと言われ、僕は車を動かした。何も知らずに停めたその場所は、社長の家のガレージの前だった。

僕は社長に怒鳴られた。そのことで目をつけられたのか、最初の燃えるゴミを出した日、時間や仕分けのことをあらためて指導された。社長にしてみれば、未熟者が近くで店を始めたと思ったのだろう。しかし、オープンすると家族で店に来てくれ、当時お年頃だった娘さんが店を気に入ってくれたこともあり、なんとか心を開いてくれた。この前、近くを通ったとき、すっかり年老いた社長が相変わらず子犬を散歩させていた。

当時のスタッフしか知らない場所として、あそこには二階があった。もうひとつの突き当りにあったドアを開けると、二階に行く階段がある。階段の手前にはさらに奥に行く短い通路があって、トイレが男性・女性でそれぞれ設置してある。僕が使っていた頃は、奥のトイレは閉鎖して倉庫に使っていた。本当はこの二階へと続くドアは僕が店をするときに新たに作ったものだ。今もあるのだろうか。

二階に上がる階段はとても急で、何人か落ちた記憶がある。普段はスタッフの休憩場所兼事務所に使用していて、ライブのときは出演者の楽屋になった。ほとんどロフトのような感じで、屋根の三角形がダイレクトにわかる台形の形をした部屋だった。その屋根裏にはたくさんのポスターを張りめぐらせてあって、キャロル、村八分、ATG映画『青春の殺人者』、アラン・ドロンの『冒険者たち』など濃いラインナップだった。

ガケ書房の物件は当時の知り合い皆が反対した場所だった。しかし僕はやってしまった。結果的には、やってしまったから今があると思っている。得たことも多いが、失ったこともやっぱりある。店をやる人というのは皆、功罪含めて「やってしまった」人なのだと思う。「何をする」以前のやる・やらないという二択の「やる」をとりあえず実行してしまった人。

そういえば、ガケ書房のあった場所を車で通るといつも不思議な感覚になる。センチメンタルな気持ちとはまた違うし、今はもう誰かが借りている物件なので愛着とまではいかない。でも中身を知っている。

もしかしたら、昔、付き合っていた人を街で見かけたら、こんな気持ちになるのかもしれない。

京都の公共交通機関オンチ

昔、『話を聞かない男、地図が読めない女』という本が流行った。男性と女性の脳の構造の違いを説いた本だ。説に反して、僕は地図が読めない。京都生まれ京都育ちだが、通り名や名所がなかなか覚えられない。たぶん、覚える気があまりないのだろう。おまけに自分でも腹が立つくらい方向音痴だ。どこに行くときも、たいがい反対方向に進んでいる時間がある。

十八歳まで京都で育ったが、そのほとんどをチャリンコ移動で過ごした。十年ほど関東でまごついたあと、京都に帰ってきたときにはもう足は主に車になっていた。つまり、京都の公共交通機関を使った経験は、数えるほどしかないということになる。交通機関は学校の課外授業などで使ったが、遠足はもちろん、高校の部活動での遠征試合でも一緒に行くチームメートに教わるままついていったクチだ。今はグーグルマップがあるので、それに頼りきり。もし誤作動を起こして、崖っぷちまで来たときに「下です」とアナウンスされたらそのまま行ってしまいそうな危うさだ。

数少ない経験の中ですぐに思い出せるのは、家の前の七条通りを走っていた市電に乗るときの風景。今も路面電車は嵐電（京福電車）というかたちで京都には残っているが、当時は大通りを電車が優雅に走り回っていた。まだ幼稚園くらいだったので、その恐竜みたいな大きさ・重厚な機械音・むあっとするような匂いにビビるしかなかった。停留所はいわゆる通りの中央分離帯に位置していたので、母親に手を引かれて信号のない場所から車をよけながらそこまで渡るのはなかなか恐怖だった。

京都にはヤサカタクシーというクローバーの葉がトレードマークのタクシー会社があって、何台か限定の四葉のクローバーのタクシーがある。それに乗ったり、見かけたりするとよいことがあるという。今まで何回も四葉のタクシーとすれ違っている可能性は高いが、タクシーを見て歩く習慣がない。ある日、ノーマルなヤサカタクシーに乗車したら、運転手が嬉しそうに自分の携帯電話に保存している四葉のタクシーのロゴを見せてきた。僕は喜んだ演技をして、それを写メに撮らせてもらったが、いまだに見返したことはない。

そういえば、まだ関東から帰省していた頃、市バスで京都駅まで帰ってきて、いざ降りようと財布を見たら一万円札しかなかった。車内では一万円の両替には対応していない。終点の京都駅で運転手さんにお札を見せて事情を話すと、待ってるから地下街のどこかで両替してきてと言う。「はいっ！」と部活の一年生のような返事でダッシュ。しかし、どの店でも両替お断りと突き返される。地下街を走りに走って、六軒目くらいでようやく両替してもらえた。砕いたお金を握りしめて、階段を一段飛ばしで駆け上がる。

もうバスは影も形もなかった。

肩までつかる町

本当に休めてるのかわからない休日
自動車から自転車へ
静脈のような裏道をとろとろとろ
生活の速度から生まれた歴史が
たまらなく眼につく
しかめつらのおばあさんとすれ違う
一人笑いの自転車ボーイが横を過ぎる
公園の水飲み場で歯を磨くおじさん
ワンコインの自動販売機
昔のバイト先の女性と出くわす
なんとなくなんとなくを無言で交わす
ゴミ屋敷　レトロ建築　空きガレージ

ここは京都　名なしの道がたくさんある
おいでやす　迷わはったらかんにんえ

ちょっと前の京都本をふりかえってみる

鷲田清一『京都の平熱――哲学者の都市案内』（講談社学術文庫）

生粋の京都人である鷲田さんは、通ぶることへの距離感を知っている。それは、にわか知識で構築された田舎者のナルシシズムを素面で見つめるような視点だ。また、「はんなり」に代表されるステレオタイプの雅《みやび》に対しても、地の京都のやんちゃをしっかりと盛り込んで紹介する。特に京都の奇人たちの色々な逸話は、魔法陣のようなこの街の重要な構成要素である。アナーキーこそ〈粋〉の核心だと綴る鷲田さんに一票。

日菓『日菓のしごと 京の和菓子帖』（青幻舎）

伝統和菓子も始まりはただの目新しい菓子だったはずだ。時間への耐久性が作品の評価を高めていくのであれば、〈見て美しい、食べて美味しい〉というコンセプトのこの和菓子作品集はその始まりの記録と言える。〈かわいい〉という現代でいちばん有効なビジュアル基準とその確かな味は、ほのぼのとした日常と、歴史が紡いでいく格式とを同時に内包している。普遍性が隠し味に入っているのが透けて映っているのだ。

太田和彦『ひとり飲む、京都』（新潮文庫）

京都がまとっている伝統という衣《ころも》に袖を通してしまえば、旅行者にとってこんなに心地良い衣はない。その気になれば、見るもの・口にするものを粋モードに変換してくれるからだ。この本は、太田さんが夏と冬それぞれ一週間ずつ京都に滞在して、生活するなかで立ち寄った居酒屋、バー、喫茶店などの情景、そこで働く人々、料理の味を、肩の力を抜いた文章で綴った探訪記。京都の衣を着こなす〈のぼせていない〉佇まいに注目。

姜尚美『京都の中華』（幻冬舎文庫）

普段使いの店が実は名店だった、ということが京都ではちょくちょくある。ここに紹介されている町の中華料理屋は、ただの店でもあり、特別な店でもある。そこにある空気が二つの顔を持っているから、居心地がほどよく、料理を口にしたときの「美味い」という感動は倍増する。京都人の中華好きは、だし好きとかしわ（鶏肉）好きから来ているのではと著者の姜さんは分析する。「ほんまにそうやで」と京都人たちは今日も中華を食べる。

いしいしんじ『京都ごはん日記』（河出書房新社）
小説家のいしいしんじさんは大阪生まれだが、大学時代を京都で過ごし、その後、いくつかの都市を経て、京都に帰ってきた。二〇〇九年から始まるこの日記には、京都生活者たちの情報がたっぷりと詰まっている。いしいさんというフットワークのいい生活者が、京都で暮らすことの楽しさを私たちに見せてくれる。時が経てば経つほど、記録として面白くなるのが日記だが、この八年間の京都の変化が固有名詞の隙間から見える。

甲斐みのり、奥野美穂子『京都・東京 甘い架け橋——お菓子で綴る12か月の往復書簡』（淡交社）
京都はロマンティックなイメージで語られることもあり、雑誌でパリと比べられることもある。この本では、年齢差を超えた女性同士の甘くロマンティックな〈尊敬と親しみ〉に満ちた贈り物交換が手紙とともに披露される。年上の女性・奥野さんは、創業七十余年の京都の名喫茶・六曜社のマスターでありシンガーソングライターのオクノ修夫人。京都と東京という距離は、友情をロマンティックに育むのに丁度よい距離なのかもしれない。

入江敦彦『イケズの構造』（新潮文庫）

京都人を語るときのキーワードとして、「イケズ」がある。しかし、イケズの本質は意地悪や嫌味ではなく、センス・ウイット・ユーモアの三要素からなるコミュニケーション言語だと入江さんは説く。イケズという動名詞が文化的に成熟した社会にのみ成立することを、イケズ習得者は肌感覚でわかっているのかもしれない。それは京都だけでなく、ロンドンやパリなどの国際文化都市に住む人々が放つウイットやユーモアがそれを証明している。

井上由季子、村松美賀子『京都を包む紙』（アノニマスタジオ）

お土産・お供え・贈呈品・ご褒美。京都の人々が交わす〈心付け〉をさりげなく優雅にくるむ包装紙。手提げ袋や包装紙はたいてい、開封したあとは捨てられることも多いが、商品の〈イントロ〉として絶妙なバランスを保ったそのデザイン性と機能性は、捨てられる脇役ではなく、むしろ商品の顔だ。井上さんと村松さんという、人の温もりが残る仕事に反応するご両人が自身のとっておきを持ち寄り、余すところなく紹介し続ける贅沢な一冊。

オオヤミノル『美味しいコーヒーって何だ？』（マガジンハウス）

珈琲焙煎家・オオヤミノルさんは、京都人を体現しているような人だ。一言多いそのワードはいつも知識とセンスが溢れる一言だ。そうですよねと尋ねれば、違うと返す癖。そんなオオヤさんが究極のコーヒ（オオヤさんはこう表記する）を求めて、日本はもとより、世界の焙煎所を訪ね歩く一冊。ここでもオオヤイズムが炸裂し、対談は曇ったり、出戻ったり、なんとか着地したりとスリリングに展開していく。彼は常に前代未聞であり続ける。

山本善行『定本 古本泣き笑い日記』（みずのわ出版）

銀閣寺がある左京区に古書善行堂はある。その店主・山本善行さんは古本界隈では有名な方で、特に町の古書店の百円均一台や古本市での目の早さと手の速さは一級品だ。この本は、山本さんがまだ古書店を始める前の詳細なブックハンティング記録集。何月何日にどこでどんな本を買ったか。またその本にどんな価値があるのか。その書影も載っている。それはまるで、宝探しの航海日誌のように読める文学好きにはたまらない冒険譚。

ホホホ座『わたしがカフェをはじめた日。』（小学館）

この本を作ってわかったことがいくつかある。まず、京都はやはり粒ぞろいの個性的カフェ店主が多いということ。それから、カフェ開業は子どもの頃からの夢ではなく、社会に出てから突然思い立つ場合が多いこと。そして、店主が総じて人見知りだということ。この本は、京都で一人でカフェを開業した七組の女性たちの本音インタビュー集。あとがきを書いてくださった吉本ばななさんの文章が彼女たちの佇まいを見事に表現している。

山下賢二『ガケ書房の頃』（夏葉社）

帯に「京都、本屋さん、青春。」とある。この青春には三つの意味があるらしい。まず、著者本人の青春。次に、ガケ書房に通ったお客さんの青春。それから、旧来のシステムの最後の時代の本屋の青春。手話と筆談のみのだんまり社会生活を九年間続けた少年が青年になって家出し、様々な職を経て、本屋を始め、いしいしんじさん、友部正人さん、早川義夫さん、Ｂｏｓｅさん、そして小沢健二さんらたくさんの方々と出会い、もがき、楽しんだ記録。

だいなしの詩

とりあえず　やっとけ
かわいらしいい　やっとけ
幼稚な感じが　ええみたいやし
ひらがなで　いっとけ
子どもの感じが　はしゃいでもらえるみたいやし
どうぶつで　あえとけ
男の男は　あんまりいらんみたい
特にお前とか俺とか　使うやつは
いらんみたい
いうとおりにならへんからな
そういうやつは
だから　いらんみたい

だいなしにしよるからな
白っぽく塗りたくった世界も
理想の暮らしも
だいなしにしよるからな
そやし
俺は僕や
お前は〇〇さんや
キモに命じるわ

明日あそこいこう
西洋行こう
そしたらおぼこいノリせんでええもんな
英語で身振り手振りで初対面で男と女でハグや
キスや
肉付きのいい人がたくさん

堂々としてる人がたくさん
かわいいいいいは　おーキュートの一言でさいならや
そこではセクシィのほうがランク上
大人の特権は　セクシィや
子どもにはムリや　危険すぎる
子どもには大人は作られへんけど
大人には子どもを作ることができる
セクシィやしな
だいなしも出る幕なし
あいつもあいつも　野放しでええ
でも
あいつとあいつは　守ったれ
少数民族やし守ったれ
みんなかわいいほう　向いとるうちに
がら空きのノーマークのノーガードのやつら

かっこよく生きさせろ
ユーモアとセクシィに生きろ

わたしたちのある日の配役

職場、家庭、友人、恋人。いくつもの自分をわたしたちはいつの間にか場面や相手によって使い分けている。それは、場の雰囲気や間柄によって、それぞれの与えられた配役をこなしていると言ってもいいかもしれない。

職場ひとつとっても、かつての職場と現在の職場とでは、配役が大きく違っていることがある。前の職場ではひょうきんなお調子者だったのに、今の職場では冗談をクールにサラリという程度の物静かな配役になっている。その人がお調子者になりきれなかった雰囲気が職場にあったのか、すでにもっと調子のいい人間がそこにいたのか、その理由は常に現場にある。

人間は、防衛本能で無意識にバランスをとる傾向があるようで、初対面の相手のキャラクターが過剰であればあるほど反対のタイプになってみたり、もしくはそれが好きな部類の過剰であれば同類に寄せていったりする。

たとえば、初対面同士でランダムにグループ分けされた場合、その中に見るからにおとなしくて真面目そうな人が一人いたら、いつもよりほんの少しだけ不良っぽく振る舞う人が出てくる。

ものすごくテンションの高い人がいたら、普段以下の顔つきで振る舞う人が出てくる。相手の配役が先か、こちらが先かわからないが、おそらく瞬時に反応し合った「キャラ決め」が展開されているのだろう。それは、相手や場面によって、口をつく言葉や辿り着く思考の道すじまでもが微妙に違ってくることを意味している。

頼りにされてはじめて出てくる言葉、一対一で話してようやく出てくる言葉、感じたことはあっても、そのシチュエーションであらためて思い出す言葉や思考というものがある。そういう現象を〈思考の解像度〉とでも言おうか。配役に合わせて知らず知らず吐いているセリフやいつの間にか形づけられている考え。相手や立場によって、思考の解像度が上がったり下がったりする。

それは、話すほうに限らず聞くほうにも作用する。相手に心を開いているか、信頼しているかが、双方の思考の解像度に大きく関わる。高名な大学教授が話す内容と、無名の研究者が話す内容が一言一句同じだとしても、聞く側の態度で言葉が跳ね返されてしまうことがある。

また、性別・年齢・職業・ルックスなどその時点での個性によって、説得力を持ちえないことがある。開いた心で話を聞いてもらえないとき、思考や言葉は中断する。聞き手が話し手をつぶす。配役を互いにこなせない間柄。

会話はキャッチボールだとよく言われる。それが本当に成立するかどうかは、話す側と聞く側相互の配役のハマり度が大きく関係しているのかもしれない。バカげた論説だと思われた方もいると思う。それは、僕の配役がそう思った方にハマっていない証拠なのだ。

なにより、ここに書いているすべての言葉が、執筆の機会を得たことにより、出てきたものなのかもしれない。

忘れちまった楽しみに

十秒以上の手持ち無沙汰が続くと、その人は例のモノを取り出す。原付バイクで信号待ちの時間。やおらポケットからそれを取り出す。信号が青に変わると、急いでポケットにしまい走りだす。車道に落としそうな勢いで。信号が青に変わっても、車たちはすぐには出発しない。ほとんどの場合、半拍遅れて走りだす。運転手たちは例のモノに夢中なので。

カフェの個室トイレ前では、赤いロック表示が続く。通常より長い待ち時間をくらったあと、やっと入ると、トイレの傍らには例のモノがまだ電源の入った状態で置き忘れてある。その普及によって、個室トイレの平均滞在時間が二分延びたことはまぎれもない事実となりつつある。

そんなことを思いながらバス停の横を通ると、一生懸命、手元の黒い機器をいじっている年配者がいる。いまや国民総中毒の感があるので、そうかそうだよなと見ると、手の中で無心にいじっているのは、例のモノではなく、電卓だった。それは子どもの頃、最初に触れたポータブル電子機器。

外堀を埋められるかのように、身の回りのモノは日常の積み重ねの中でいつの間にかすり替えられてきた。思い出は次々に上書きされる。まずは、当たり前すぎる些細なことから順番に思い出せなくなっていく。そして、その忘れていることさえ忘れていく。

店というパブリックな場所を始めてすでに約二十年経過した。そのおかげで、知り合いもたくさん増えた。音楽を聴きにいったり、知り合いのカフェに行ったりすると、必ずといっていいほど誰かと出くわす。皆、いい年になってそれぞれの生活を背負ってそこに集まってきている。しかし、そのじゃれ合いが仕事に発展することはあっても、プライベートでも遊ぶようなことに発展することはもうあまりない。

四、五十代というのは働き盛りで少しだけまだ若いつもりではいるが、先日、ある結婚パーティーに出席したときに、いまさらながら自分はもう若くないのだなと実感した。

そこに集まっているほとんどの人たちを知らなかったのもあったかもしれない。同世代の知り合いは、数えるほど。そこにいるのは、二十代から三十代前半の着飾った男女。はしゃいで大声で冗談を交わし合っている者、その空気を味わいながら静かにグラスを重ねている者、知っている顔を探して遠い目をしている者。

僕は、会場の隅で若者たちの光景を見ていた。それはとてもまぶしかった。かつての自分たちが会場のあちこちにいたから。

かつてのあの頃のパーティー会場にも、今の僕と同じような世代の人が何人かいた。あのとき彼らは、知らぬ間に上書きされていた若かったことを会場で思い出していたのではないだろうか。時間だけが持つ交換の利かない自由を噛みしめながら。

年上の出来事、年下の文化

人生の先輩方と話していると、たいへん勉強になることが多い。しかし、一方的に話を聞くだけの時間になってしまうこともよくある。相槌を打つことのみ許されるような状態になることがままある。途中、自分のエピソードや意見を交えた情報を話してみても、それはなしのつぶてだ。先輩への礼儀として、話を聞き続けるのが任務かなと思い、聞き続ける。先輩は僕に話しているようで、もしかしたらこれまでの自分自身に話しているのかもしれないと、たまに考えたりしながら。

自分より年齢や世代が上か下か、というのは（特に男性社会では）他者を評価するときの判断材料として、根の深いところで実は存在するように思う。自身の青春体験を第一義として、常に先輩の話は進む。よくあるのが「俺が若いときはなぁ」「あの時代に比べたら」というセリフに代表されるところの酒の席での語り。僕自身、勤めている頃によくこういうシチュエーションは体験させてもらった。それは伝統行事のように脈々と歴代の先輩後輩のあいだで交わされる。現代では新しい先輩によって九〇年代が語られているご時世だ。

三十歳以上の奴らを信用するなという言葉が六〇年代に流行ったということは以前にも触れたが、かつては三十歳以上の人間は皆、体制側の人間として見なされていたのだろうか。ここまで年齢にはっきりと線を引いて噛みつく言葉があったということは、それだけ三十歳を越えた男性たちが下の世代にとって目の上のたんこぶ的存在だったのかもしれない。

映画やテレビドラマや小説の中で当時の三十歳以上の男性の言動を見てみると、目下の者や女性に対しての上位意識を感じるような場面はたしかに多い。妻は夫に対して基本的に敬語だし、後輩は宗教心のような盲信ぶりで先輩に心酔している。それだけ素敵で頼れる夫や先輩がいたということも言える。一方で、様々な抑圧でそうしなければならなかったとも言える。

かつてはいたかもしれない頼れる夫や先輩も時代とともに世代交代していく。先輩が伝統行事として振る舞ってきた酒場などでの一方的な言動は、価値の多様化、情報の細分化や可視化によってその効力が薄まってきた。後輩のことを生意気で貧弱に感じる先輩の心持ちというのは、ある種、先輩でありたいという自己防衛本能がそうさせるのか。

説得力という揺るぎない自信が歴史の積み重ねから完成するのだとしたら、現在進行形である後輩たちの同時代文化をすんなり認めることは、先輩にとって少しだけ勇気のいることなのかもしれない。

未熟者たちの時間

わたしが健康だったころ
ファミレスでステーキが運ばれてくると
ごはんに塩をふりかけ
野菜はあとまわしにして
次から次へ　放り込んだ
行儀もあとまわしにして
食後は生クリームのひととき
口のまわりについたそれも舐め
仕上げはタバコをせわしげに吸っていた
満足してた
それはそれで　二十二歳の小さな大満足だった

いま　目の前にステーキを食べている若者がいる
夢中で食べている
片の手のひらにスマートフォン
一秒も退屈を感じたくない　と視線で言っている
口に物が運ばれたその一瞬だけが　漠然としている
朝昼晩の無自覚なその時間が
若者にとって至福の時間でありますように

あなたはどうやってここまできた

有名な人は昔の映像や音声がメディア上に残っていたりするので、僕たちはその人のビフォーアフターを第三者的に追体験できる。重厚な演技で定評のある老俳優の若く軽妙な姿。ボーカルスタイルが確立した大物歌手のバンドの頃のまっすぐな青い声。人気爆発中のタレントの下積み時代の服装。スポーツ解説者の現役時代の俊敏なプレーなど、その人が「もともとどういう人だったか」を僕たちはなんとなく垣間見ることができる。

いまや人類のアーカイブ倉庫となった感のあるユーチューブで、僕もそれらを夜な夜な紐解く。そこで少しずつ浮き上がってくるのは彼らの若い姿だけでなく、その人のそのときの状況だ。ああ、交通事故から復帰してようやく傷が治ってきた頃の映像なんだなとか、結婚したばかりの幸せな頃なんだなとか、ガンが転移している頃で本当はすごくつらい収録だったんだなとか、報道で見知ったプライベートな事情が重ね合わされる。そして、その映像はすべて過去のものであり、僕たちはそのすべての結末をすでに知っている。

有名人は僕たちに夢を見させてくれることのほかに、人間が生きていくうえで避けては通れない性と死の色々なパターンを、矢面に立って見せてくれる。安全な立場で僕たちはああでもないこうでもないと、その生き様を酒のつまみやネットコメントとして吐く。

知らないどこかのおじいさんが片足を引きずりながら横断歩道を歩いている。顔だけ知っている仏頂面の夫婦と自転車ですれ違う。休憩中のタクシー運転手が、タバコをふかしながら午前二時の夜空を見上げている。彼らも有名人と同じように年齢を重ね、人生を生きてきた。それを客観的に知る術がないだけで、その人たちのアーカイブはたしかにある。

はつらつとした若い顔で自転車を漕いでいた日。おしゃれに目覚めて整髪料を鏡の前で初めてつけた日。ラジオから聞こえてきた歌に思わず手を止めた夜。

すぐ目の前にいる人たちが持っている物語。皆、いきなりそこに現れたわけではなく、想像を超えた場所からやってきてここにいる。おじいさんはいつから足を引きずる人になったのか？あの夫婦はいつから仏頂面で過ごす関係になったのか？　タクシー運転手は空を見て何を思う？

出会い、別れ、決意、さまざまなアクシデント。少しの変化がとても大きな変化になりうる。前日までの生活がすべて夢だったかのように、取り返しのつかないことが突然起こったりする。逆にその出来事を境に事態が次々と好転していくこともある。

状況が実際に変わるとき、それはいつも一瞬だ。私たちの人生は一瞬の集合体だ。

あのひとは一度もこっちを見なかった

ここ何年か、ずっと気になっていることがある。それは、人間が人間を見るときの視線だ。つまり、知らない人からの視線。目は口ほどに物を言うというが、何者かとすれ違うとき、最初に交わすのはまず言葉ではなく視線だろう。言葉を交わせない動物たちとは、なおさらそうだ。視線を交わさないまでも、誰かが目の前に現れたりしたら、この人は一体どんな人なんだろう?と確認しておきたい気持ちは生じるものだ。それは、自分に危害を加えない存在だろうかという防衛本能でもあるし、好きなタイプかもしれないという淡い期待もあるだろう。

そういう視線の感情に興味を持ったのは、ある巨大ショッピングモールでのこと。エスカレーターの脇にベンチが備えてあって、そこに年配の男性が座っていた。男性はもうずっとそこに座っているようで、何をするわけでもない。僕はそのベンチの後ろに立って、人を待っていた。不特定多数の人たちがベンチの前をひっきりなしに通る。ふと、その男性を見ると、左右に顔を小さく動かしながら、その前を通る一人ひとりをくまなく目で追っている。見られている人たちはその男性の視線に気づかずに前を通り過ぎていく。たまに気づく人も、一瞥して通り過ぎていく。

男性の隣に座っている若者はスマートフォンに夢中で、他人のことなどまったく見る気配もない。まるでこの場所に来ている人たちとは無関係でいたいというような意思表示にも映る。逆にその年配の男性の動きは、とにかく誰かとコミュニケーションを取りたがっているようにも映る。もちろん、視線を送ったからといって、見知らぬ相手が話しかけてくれたりすることはまずない。その男性もそれは知っていることだろう。彼は、ただ目の前を過ぎていく人たちを習慣的に見てしまっているだけなのかもしれない。しかし、その習慣的行動の深層心理に視線の感情もセットアップされているように僕は見えたのだ。

あの光景を見て以来、視界に誰かがふいに現れたり、誰かから確認の視線を浴びた瞬間、僕はその相手を見ないようにしてしまう。はっきり言ってただの自意識過剰だが、ある種のキャパシティーオーバーのような気持ちになってしまい、相手を認識し返すのを拒否するように顔を背けてしまう。

いま、SNSなどで僕たちは手軽に承認欲求を満たし合う。条件を揃えれば、誰もが発信側になれるし、受け手側にもなれる。

あの年配男性はたぶん、SNSの世界にはまだ足を踏み入れていない。しかし、どちらにせよあの人が欲しかったのは「いいね！」ではなく、自分はここにいるのだ！という存在そのものの承認欲求ではなかったか。

あなたも僕もあの人に笑顔を返すことはなくても、あの人を笑うことはできないと思う。

これは他人ごと、あれは自分ごと

思えば、興味の対象が大きく広がるときはいつも、違う人生を歩んできた人との交流がそこにあったような気がする。違う人生といっても、別にたいそうな人生を送ってきた人ではなく、単に自分と違う人、つまり他人だ。

初対面の人と話すとき、まず、お互いの素性を社交辞令とともに交換する。しかし、その段階ではそれは情報交換にすぎず、単にその場でその情報を聞いてみているだけにすぎない。その中でもっと知りたいことが仮にあったとしたら、それはもともと、自分が興味を持っていたことだったりする。

それまで生きてきたなかでまったく興味が持てなかったこと。出会ってもふーんとスルーしてきたこと。つまり、他人ごと。

そういう他人ごとが自分ごとに変わるときが、二つある。ひとつは、特定の人と時間を共有したとき。たとえば、異性や世代の違う人と過ごす時間。新しい恋人ができたら、その恋人に気に入られようとして相手の興味に能動的に関わっていく時間が生まれる。子どもが生まれたら子どもの興味に合わせた時間が生まれる。時間と場所を共有するということは、相手の興味が身近になるということでもある。

その人が芸術的なことに興味があったり、とても激しいスポーツが好きだったり、はたまたマニアックだったりした場合、これまでの自分の趣味や行動パターンとは別の知識が生まれる。その新しいことの基本的な名前をいつの間にか覚えている自分がいる。一人で生活していたら、決してその名前は覚えなかっただろう。その不可抗力で覚えた知識は、役に立つかどうかわからない。しかし、その名前をどこかで目にするたび、耳にするたび、そのことを覚えさせてくれた人を思い出すだろう。

そしてもうひとつ、他人ごとが自分ごとに変わるときがある。それは文字通り、自分の身に出来事がふりかかったとき。

僕は今のところお陰様でなんとか健康だ。しかし、もしガンを宣告されたら、僕の興味はとたんに広がるだろう。今まで見向きもしなかったガン関連の情報を一生懸命集め、健康についての知識をたくさん仕入れ始めるに違いない。そういうものだと思う。

ホホホ座はダウン症の女性の作品集を出版したことがある。ダウン症という言葉を前に出すか出さないかは、本を第三者に紹介するときに迷うところである。いくつかの知り合いの書店に案内を送ってみたが、反応がすぐ返ってくる店とそうでない店とに大きく分かれた。また、店頭で買っていかれるお客さまを見ても、ダウン症やハンディキャップを持っている方が近くにいる人たちは自分ごととしてそれを購入していった。

他人ごとが自分ごとになるには、出会いや出来事が大きく作用している。僕が一生、他人ごとで終わることはいくつあるのだろうか。

ちいさな基点

白状する
わたしも犯人の一味である
同じ志を持ったことはたしか
そ知らぬ顔して　三面記事を見ている
朝昼晩の鳴き　あくび　弱音
満たされることを目指すと
満たされないことを思い知る
戦慄が画鋲みたいに足元に転がる
痛みは傷みになって悼みを誘う

あのひとの子どものころを想像するがいい
あのひとが同じクラスにいることを

想像するがいい
あのひとは笑っているか?
わたしはその子と笑いあいたい

연희맛로
자전거우선도로
THE YANG

リーダーは等身大

二〇〇四年と聞いて、「え？　もう二十年前のことなのか！」と思う人は、おそらく四、五十代の人だろう。その人たちにとって、前時代の感覚は二〇〇〇年以前のことだからだ。つまり青春を過ごした一九九〇年代までのことを指す。元号でいえば、平成。まだ昭和の粗野な価値観のままだった。当時の若者たちも親や先輩やメディアに倣って、そういうものだと思って日々暮らしていた。

想像するに、高度経済成長期はまだまだ戦争経験者が現役で上司にいて、その絶対服従的なムードやシステムは疑われることなくチームは動いてきたのだろう。戦争という過酷な状況は「統率」という無理強いがなければ成立できない事態だったのかもしれないが、人間の関係性や感情で考えると、やはり異常事態だと思う。

その次の目立った世代が今の七十代、団塊世代だ。その世代からは実際に戦争に行った人はもういない。僕（五十代）はその子ども世代の団塊ジュニアだ。つまり僕の上司は戦争を知らなかったが、戦争経験者に教育された人たちだった。僕は段階的に薄まりつつあった強制的な「統率」

の残り香を感じながら社会で揉まれた。それが功を奏したことも何かを後退させたことも事例ごとにあったと思う。

いま、僕はその上司のような年代になっている。僕の世代の特異点は、戦争ではなくインターネットの誕生を経験したことだ。鉛筆で真っ黒にしていた手はキーボードやマウスを打つことで腱鞘炎になりかわり、あらゆる価値観が世界中で解放された。令和のいま、自然淘汰されるようにかつての強制的な「統率」はもはや薄れてきている。

なにかの本で、リーダーになる人の条件とは「明確なビジョンのもと、率先してみんなを引っ張っていくような人」よりも「周りの人がこの人をなんとかして助けたいと思わせる人」のほうが適しているというのを読んだことがある。これはチームワークが、プロジェクトの達成とは別に〈その人と感情を共有したい〉という気持ちで働いている状態を指すのだろう。どこでも仕事ができるようになった今、問われているのは〈本当の距離感〉だ。

社会的に高い評価を受けている人たち。たとえば、CEO、インフルエンサー、哲学者、僧侶などなど、遠くから眺めているぶんにはわからない、その人と身近に接している家族や直属のスタッフたちから、本当はどう思われているのか。ビッグビジネスだからとか、出世のための我慢とかではなく、一人の人間として見たときに〈その人と感情を共有したい〉という感情のもとに仕事が発生していることは、実際は稀かもしれない。

ひとつ言えるのは、適切な〈本当の距離感〉を測る役割は、立場が上の者がすることのような気がする。

細胞を説得

くしゃみもあくびもしゃっくりもこむらがえりも、本当は直前で止められるのではないかと思っている。実際、たまに止めることに成功する。出そうな気配を感じるとき、わざと全然違うことを考えたり、「出ない」と思い込んだりすると、止まることがある。それらが出そうなとき、頭の中が「出そうな気配」のみに集中していることに気づいたのだ。だから、あえて気配に集中しない。

もちろん、これはメンタルの問題なので、とてもデリケートだ。人間はダメだと思えば思うほど、行ってはいけないほうへ想像力が働いてしまう。「集中しないことに集中する」というおかしな平衡感覚を一度体験しないと、なかなか感覚として難しい。たとえ体験しても、体調がイマイチで「集中しないこと」への集中力が弱っているとうまくいかない。だから僕も、いつもあやういバランスで成功したりしなかったり。

「集中」と「想像力」は相反するようだが、その方向によって、体はその通りに反応する。これは、脳からの伝達で神経や筋肉に伝わってその通りに動くという単純な体の仕組みの話だ。もしかしたら普段から逃避力に長けた人のほうが、意識をより遠くに飛ばせるのかもしれない。別に、素直にくしゃみでもなんでも出したらいいじゃないかという声も聞こえてくるが、たとえば便意や風邪のひき始めも、このバランスの中にあったりするので、できれば想像力をコントロールして回避したい。

お腹が痛いとき、経験ないだろうか。そのことに気が向いてしまったり、想像したりするとヤバくなったこと。逆に、違うことを考えたり、視界を変えたりすると、一時的にせよ回避できたことがないだろうか。もっと言うと、風邪っぽいなと思ったときも僕は「おまえそれ違うぞ」と細胞に言い聞かせる。これは頭がおかしいというか、あるいは昭和的気合いというのかもしれないが、意識下で細胞に否定の声をかけてやる。特にひき始めには有効だと思っている。そんなこと言っててもひくときはひくと思うが、ここ十年ほど風邪をひいたことはない。「寸前で食い止めた」と思っている。我ながら始末に負えない。

以心伝心というのもあるのではないかと思っている。現場のムードというのも関係しているとは思うが、体の一部が誰かと触れたその瞬間や触れている時間。細胞同士が対話したのではないかと思えるほど、こちらの気持ちを汲んだような行動を相手が取り始めることがある。それは身体の密接範囲が広ければ広いほど、気持ちが伝わる度合も大きい気がする。もちろん具体的に「伝わった」という感覚はお互いにない。しかし、静電気のような細かく小さな波動を感じて、体が、脳が、気持ちが、空気を読むように変動していく。

科学的な根拠はなにもない。僕はオカルトも冗談範囲でしか信じないタイプだ。しかし、そうなれとか、そうなるなとか、こと自分の身体を通じた事柄に関しては感覚レベルで少しいじれるような気がする。歴史も思想も地理も単位も気持ちもあらゆる形も言葉も、脳という認識装置のルール上に成り立っている。人間は脳内世界で今日も泣いたり笑ったりしている。脳のない世界に残っているのは、とても単純な反応をする細胞感覚だけなのかもしれない。

説得力と有名が君は欲しいか

説得力とは何だろうと思う。何度も言うが、まったく同じ意見を、実績のある人とまだどこの馬の骨ともわからない人が口にするのでは、その受け取られ方は大きく違ってくる。

しかし、その実績ある人がその後に不祥事を起こしてイメージを大きく損ない、馬の骨ともわからなかった人がその何年後かに頭角を現した場合、説得力のシーソーは大きく傾く。となると、真理を突いた言葉であっても、印象が伴っていなければ社会的には届かないということになる。

そしてそれは、一概にその人がクリーンな印象だから届くという話でもない。社会の流れに沿ったその人の立場やキャラクターが受け手にどう作用しているかが関係している気がする。

十年前に疑問なく使っていたキーワードも、現在では揶揄される言葉に変換されているケースがある。そう考えると、かつて名言と思われていた言葉も今では批判の対象になるものがあるかもしれない。

また、社会的弱者が強者に意見するような構造は、世間的な共感が得られやすい。もちろんそれなりに筋が通っていることが前提だが、ＳＮＳなどの顔の見えない発言者にとっては感情移入しやすい立場と見えるのではないだろうか。

SNSでは説得力あふれる言葉が毎日投稿されているが、本当に説得力のある言葉はやっぱりSNSにはないのではないか。それはもう書き言葉ではなく、対面で人間がとっさに吐いた生身の言葉にこそ真実があるのではないか。その人自身の生き方や基本的な考え方が「出てしまった」言葉。

生身の言葉は、書き直しなしの言葉だ。言い換えればそれは、その人のデフォルトの「生活態度」と言えるかもしれない。

有名とは何だろうと思う。昔は、方々でモテたり、あちこちでえこひいきをしてもらったりしている人のことなのかなと思っていたが、有名になるということは、その名前だけでお金が動くということだと最近、理解した。

モテるのもえこひいきされるのも、純粋にその人のファンだからという場合もあると思うが、最終的にはその有名人に関わることでお金が動くからではないだろうか。

誰々が来た店、誰々が着た服、誰々と知り合い、誰々がおすすめの商品。たとえば、イベントを開催するとき、いちばん簡単に人が集まるのはその人が有名というケースだ。極端な話、イベントのトークテーマよりもその人見たさで「見物人」が先に集まる。そのことが悪いとはまったく思わないが、現実として、この二十年間のイベント開催で感じてきた実情だ。

ちなみに僕は名前だけでは全然人が集まらない。いわゆる「作品」を発表している人間ではなく、ただの一地方の書店主というのもその理由だが、僕自身はもうあまり人前には出たくない。最近では取材であっても、顔出しは基本NGにしている。それには、二つ理由がある。

ひとつは、何年か前に深夜の全国放送のテレビ番組にホホホ座とかにはまったく触れず、山下賢二として出演したときのこと。僕の子どもの頃の一風変わったエピソードを一時間にわたって取り上げてくださったのだが、その放送があった週末に家族でイオンモールの中の飲食店で食事をして会計をしていると、店員さんから「この前、テレビ出てた人ですよね？」と言われたのだ。深夜に一度だけテレビに出ただけなのに顔を覚えられてしまうという驚き。僕は完全に怖くなってしまった。

もうひとつは、すごくいいなと思った例があったこと。何年か前に流行った『鬼滅の刃』。いろんなメディアミックスで漫画という枠を飛び越え、テレビアニメ、映画、キャラクターグッズ、コラボ商品など、その作品と作者の吾峠呼世晴《ごとうげこよはる》はとても有名だ。しかし、作者の顔は誰も知らない。今も悠々と街を歩いているだろう。親しい友人にだけ「あれ、実は私」とか話しているのだろうか。その人自身ではなく、その人が作り出した物だけが有名になるのはとてもいいなと思ったのだ。

というわけで自意識過剰気味に僕は、ホホホ座浄土寺店や書いた文章だけを前に出すようにしている。

悪く言う

ダンナのことを悪く言う
政治家のことを悪く言う
上司のことを悪く言う
お金のことを悪く言う
有名になった人のことを悪く言う
学校のことを悪く言う
性欲のことを悪く言う
宗教のことを悪く言う
電力会社のことを悪く言う
ふざける人のことを悪く言う
巨大チェーン店のことを悪く言う
テレビのことを悪く言う

若い奴のことを悪く言う
アメリカのことを悪く言う
日本のことを悪く言う
未来のことを悪く言う

忘れる人間

きっかけは、長引く咳だった。スラスラとしゃべろうとすると咳が出る。それ以外ではまったく出ない。すでにその状態が二か月続いていた。紹介されたセカンドオピニオンに行ってみる。症状を告げると、レントゲンを撮ることになった。結果、鎖骨のところに少し怪しいモノが写っているという。念のためということで大きな病院への紹介状を書かれてしまった。

咳はその日を境になぜか回数がかなり減り始めたのだが、レントゲンの日はやってきた。

結果、何もなかった。何もなかったが、ＣＴスキャンを撮った際に写った下腹部あたりにリンパの腫れらしきものが見られるという。そのまま消化器内科にまわされることになった。担当した先生によると、ひとまずは大丈夫でしょうということだった。油分や早食いは控えてください。アルコールも休肝日を作ってくださいとのことだった。

安心してまた普通に働いていると、三、四日後に知らない番号から着信が入っていた。その翌日もまた入っていたので折り返しかけ直すと、病院からだった。

先生は「やっぱりあのリンパの腫れは悪性と指定してもいいかと思いますので、もう少し詳しく検査させてもらえませんか」と告げた。レジでふわふわし始めた僕は聞き返した。

「もし仮に悪性だったとしても初期の段階ですよね？」

先生は言った。

「いや、リンパが腫れているということはもう初期ではありません。もしかしたら血液のガンの可能性もありますので、早急に検査を受けてください」

その日から僕は眠りが浅くなった。仕事の時間帯が終わると、途端に不安がかすめ始める。食欲も嘘みたいに細くなった。検査日までまだ五日ある。

サブスクで映画を見て、気を紛らわせようとする。しかしどの映画も途中で病気の人が出てきて入院したり、あきらかに死に向かっていくようなムードになってくるものばかりで、中断した。作品を検索したときに出てきた「余命○年」という売り文句や題名。つくづくこういう売り文句は、死からいちばん遠い精神状態の人たちのため「だけ」のものなのだと思った。今の僕には一瞬たりとも視界に入れたくない言葉だった。

入院しながらの仕事のやり方や、どこまでの範囲にこの情報を開示するか、この先、決まっているスケジュールの再調整。それから、この本は僕の遺言のようなものになってしまうのか……でもそのほうが売れるのかもなと考えたりした。

家族でよく行った地元のイオンモールに一人で晩ご飯を食べに出かけた。人間は当事者にならないと、当事者の視点を本当には獲得できないのだと痛感した。元気いっぱいに友達とふざけあっている二十歳くらいの男の子たちがとてもまぶしい。自分にもかつてあんなすべて「無」の時代があったのに。知識も常識も経験もお金も、そして病気も無い。

検査の結果はさいわい、良性だった。その日から僕は何もなかったかのようにぐっすりと眠り始め、食欲もすっかり戻った。あの時間に獲得した視点をあっさり忘れてしまいそうな自分がいた。

信じるしかないもの

昔、経営について悩んでいたときは、晩ご飯を食べながら友達に愚痴っぽく相談していた。その友達は店など経営したことはなかったが、話を一部始終聞いたあと、僕の顔を見てこう言った。

「大丈夫。山ちゃんなら絶対、大丈夫」

何の根拠もなく、経営の経験もなく。占い師でもない人間が自信たっぷりに放ったその一言は、シンプルになぜか僕の心に響いた。なんだか急に安心した気持ちになったことを覚えている。

信頼している人から太鼓判を押されるということは、こんなにも心強いものなのかと思った。それがたとえその場だけの言葉だったとしても、僕が「もしかしたら大丈夫かも」と思ったことは事実であり、それは言葉以上に彼の真剣な態度がそう思わせてくれたのだ。その友達には、今も感謝している。

僕がまだ店を続けていけているのは、実はそういうことの積み重ねであり、沈んだときにどう過ごしたかという思い出の蓄積が、打たれ強さの根拠となっている。

うまくいかないとき、不安なときは、色々なことを考える。狭くなってしまった視野の中で考えてしまうことが多い。そんなとき、気を紛らわせようとあがいてもがいて、違う世界を僕は覗く。本や映画や音楽に身をゆだねる。

選ぶのは、すでに愛着のある作品。その中でも最近少しご無沙汰気味のものを選ぶ。もともと好きな作品だからその世界にはスッと入れる。ご無沙汰していたから、最初に体験したときの気持ちに戻れる場合もあるし、今の心理状態で体験することで新しい発見を得ることもある。

それはかつての自分や環境にチューニングを合わせる行為でもあり、記憶や視点の上書きをする行為でもある。どちらも僕にとっては重要で、過去・現在・未来がつながるような一瞬だ。

過去に思い悩んでいたことが今ではなんなくやり過ごせるようになっている。それは成長なのか、鈍化なのか。鈍化でもまぁいいかと最近は思う。悩みを回避する術には違いないのだから。

しかし本当にしんどいとき、僕はそれを誰かに話したりしないタイプだ。先の友人への相談はもちろん不安があったから話したのだが、本当に余裕がないくらいしんどい状態だったら話せなかっただろう。

そういうときは、ひたすら時が過ぎるのを待ち続ける。すべては時が解決してくれると思っているところがある。徐々に状況が悪化していくこともあるが、さらにその先の沈静化までひたすら待ち続ける。

そんな待ち時間に僕は、たくさんの作品を味わったり、友達にわざと違う悩みを話したりしているのだろう。

おまえは一体なにを信じているのだと問われれば、今なら「時間」と答える気がする。

おおみそか

アーもう死にたいと思ったら
病で死と向き合っている人からメール
僕は思いつきの希望を返信する
いいことあるさ
うわっつらでも友の言葉は欲しいもの

師走気分の人も　関係ないという人も
子どもだったおおみそかをよぎらせ
寒さを顔にたくさん受けて　冷たいほほの街
「よいお年を」
ノーサイドの言葉で皆　家路を歩く

はじめてのあとがき

これまで何冊か本を出してきましたが、あとがきを書く機会に恵まれたのは、今作が初めてです。ですので、この機会にこれまでの感謝の意を伝えたいと思います。

まず、この本の企画は奈良に住む詩人・西尾勝彦さんとの中で立ち上がったものです。あらかじめ単行本化を視野に入れた連載を、彼の発行する無料冊子『粥彦』にて二〇一八年頃から始めていました。最初は小説を、と依頼されたのですが、いきなり素人の小説を読むほど世間の人は時間も興味もないだろうと僕は考え、エッセイを書き始めました。『粥彦』の発行はかなりのスローペースということもあり、単行本になるような分量に辿り着くには十年くらいかかるかもしれないないという感じでした。なのでこれまで色々なところに書いた文章もまとめることで、なんとか単行本の体を成すのではと西尾さんと相談し、一時は出版社も決まったのですが、またもや時間が経過し、紆余曲折の末、その話は結局、空中分解してしまいました。きっかけをくださった西尾さんにあらためて感謝申し上げます。

僕の中で一度出来上がった本の完成図は、ある人を思い出すことでまた描き出されました。編集者の綾女欣伸さんです。なぜ思い出したかというと、以前『ガケ書房の頃』（夏葉社）という単行本を出したときに知り合いや読者の方々からたくさんの嬉しい感想を頂いたのですが、唯一、彼だけが、本の中に収められていたアフォリズムのような日々のつぶやきのような章「某月某日」に反応してくれた人だったからです。個人的に実はあの本の中で一番といってもいいくらい気に入っていた章だったので、そこに言及してくださったことに感激しました。

綾女さんに頼んでみよう。そこからはとんとん拍子に話が進み、この本の発売にこぎつけられました。本当にありがとうございました。

そして、素敵な人物評を特別冊子に添えてくださった四名の近しい方々。友人代表の松本隆さん、仕事仲間代表の堀部篤史さん、スタッフ代表の廣田瑞佳さん、家族代表の山下睦乃さん。

装幀を昭和五十年代風に、というよくわからないリクエストに見事に応えてくださったデザイナーの桜井雄一郎さん。

初出一覧の作成に協力してくれたmississippiさん、渡邉香織さん。

それから、ずっと言えていなかったのですが、これまで出した本に関わってくださった皆さんにも感謝です。全部繋がっています。

本書のタイトル「君はそれを認めたくないんだろう」は、誰もが発信者になりその反応に一喜一憂する「承認欲求の時代」を生きるわたしたちの個人的事情から思いつきました。他者に認めてほしいとき、その裏側には必ず、認めたくないヒト、コト、モノが存在します。それらは嫉妬、潔癖、コンプレックス、関係性などから来る、ごく個人的なその人自身の「つっかえ棒」のような存在です。それを糧に頑張る人もいれば、それで病んでしまう人もいる。時を経て、いつかそれを認めることができたとき、何かが楽になるのは確かだと思います。なかなかできないですけど。

最後に、十五年前の僕から動画メッセージです。いま、なんとなく迷っている人に。

著者遠影

映像提供＝杉山拓

二〇二三年十二月二十二日

山下賢二

初出一覧――本書は以下の初出をもとに加筆・修正し、書き下ろしを加えたものです。

◎朝が過去形でやってくる『粥彦』29号◎帰る場所がないということ『粥彦』30号◎若い爪『粥彦』31号◎入ってる君『まぁまぁマガジン』22号◎行けばわかるし『粥彦』34号◎これは反省文ではない 書き下ろし◎先輩たちの足どり『粥彦』37号◎この詩は谷川俊太郎が書きました『八月の水』2号◎横柄な横着『粥彦』32号◎爆発後のルール『粥彦』35号◎ほっこりという盲目『粥彦』36号◎いつかのいつもの朝『八月の水』4号

◎むかしの一日から「1993年11月23日（水）」『KyoCo』vol.4◎見てただけ『八月の水』4号◎夢を削っていく 無印良品 京都山科『MUJI BOOKS NEWS』vol.3◎泣いているきみを見たい『八月の水』2号◎ここではないどこかはもうない『小説新潮』2019年9月号◎自炊行為『つくるたべるよむ』（本の雑誌社、2020年）◎今日『八月の水』2号◎やましたくんはしゃべらない・詳細編『NEUTRAL COLORS』#2◎かめとやました ホホホ座尾道店一周年「亀展」記念作文◎だれでもなんでそんなな『そのうち月刊 ヌー』2号◎夏が本当に好きな理由判明 書き下ろし◎そのお金『八月の水』5号◎記録に残っていないけど記憶に残っている音楽イベント 書き下ろし◎記録に残っていないけど記憶に残っているダウンタウン 書き下ろし◎真面目 不真面目 生真面目『八月の水』3号

◎読書の元年『本楽1 本屋に行くと、楽しいことがある。』（瀬戸内ブッククルーズ実行委員会、2017年）◎本屋のおやじが楽しいなんて誰が言った『本の雑誌』No.436（2019年10月）◎ト書き『八月の水』3号◎好きだから会えない人 京都新聞「THE KYOTO」#9◎透明な垢 京都新聞「THE KYOTO」#14◎思い出話は再発見のためにある 京都新聞「THE KYOTO」#34◎文化系男子の結び目 京都新聞「THE KYOTO」#24◎そこにいたのはかぞく『八月の水』4号◎作家の居心地 京都新聞「THE KYOTO」#29◎食卓の照度 京都新聞「THE KYOTO」#4◎たしかに僕はあの人を見たんだ 京都新聞「THE KYOTO」#19◎すべての病人 書き下ろし◎見れない風景を見た人『週刊読書人』2021年12月10日号◎オープンカーは全員で無視しよう 書き下ろし◎また取次が生まれる 書き下ろし◎つまる／つまらない『まぁまぁマガジン』22号

◎ガケ書房のあった場所 書き下ろし◎京都の公共交通機関オンチ「地元とハンズ vol.3『電車とバス』」冊子◎肩までつかる町『八月の水』1号◎ちょっと前の京都本をふりかえってみる「ホホホ座 at BEAMS JAPAN 京都マップ新聞紙」◎だいなしの詩『八月の水』3号◎わたしたちのある日の配役 京都新聞「現代のことば」（2016年9月11日）◎忘れちまった楽しみに 京都新聞「現代のことば」（2016年10月18日）◎年上の出来事、年下の文化 京都新聞「現代のことば」（2016年12月20日）◎未熟者たちの時間『八月の水』5号◎あなたはどうやってここまできた 京都新聞「現代のことば」（2017年2月27日）◎あのひとは一度もこっちを見なかった 京都新聞「現代のことば」（2017年4月10日）◎これは他人ごと、あれは自分ごと 京都新聞「現代のことば」（2017年6月12日）◎ちいさな基点『八月の水』1号

◎リーダーは等身大 無印良品 京都山科『MUJI BOOKS NEWS』号外◎細胞を説得『粥彦』33号◎説得力と有名が君は欲しいか 書き下ろし◎悪く言う『八月の水』1号◎忘れる人間 書き下ろし◎信じるしかないもの 書き下ろし◎おおみそか『八月の水』5号

◎話したい話 POP UP SHOP「ホンズ」特別冊子

山下賢二

やました・けんじ

1972年、京都生まれ。2004年に「ガケ書房」を創業。2015年4月1日、「ガケ書房」を移転・改名し「ホホホ座浄土寺店」として継続。著書に『ガケ書房の頃　完全版——そしてホホホ座へ』(ちくま文庫)、『やましたくんはしゃべらない』(岩崎書店)、『喫茶店で松本隆さんから聞いたこと』(夏葉社)、共著に『ホホホ座の反省文』(ミシマ社)、編著として『わたしがカフェをはじめた日。』(小学館)などがある。

君はそれを認めたくないんだろう

2024年2月13日　初版第1刷発行

著者＝山下賢二
編集＝綾女欣伸
装幀・組版＝桜井雄一郎

発行者＝住友千之
株式会社トゥーヴァージンズ
〒102-0073 東京都千代田区九段北4-1-3
電話：03-5212-7442
FAX：03-5212-7889
https://www.twovirgins.jp/

印刷所＝株式会社光邦

ISBN978-4-910352-98-5

話したい話

山下賢二
絵＝たにこのみ

題目◎あのひとのギザギザ
題目◎こじらせおっさん
題目◎たくさんの人がなんとなくそうなる
題目◎誰かが君のことを見ていてくれるし　誰も君のことなんか見ていない
題目◎まばたきのしあわせ

あのひとのギザギザ

今はそのかけらもないですけど、子どもの頃は記憶力がよかったんです。記憶力というより観察力というんかな。

大人がしゃべってるなかでふーっと流されていった言葉とか、しれっとした行動とか、ハッとした出来事をピンポイントに覚えてしまうんです。べつに誰かに発表するわけでもないのに。

記憶はともかく、観察は今でもやってしまいます。誰でもそうですが、人の行動や発言が「!」という感じで脳みそに刻印される瞬間がありますよね。なかでも僕は、人間が人間を評しているときの言葉に反応してしまいます。人の関係性を見るのが好きなんだと思います。

ああ、この人は本当はあの人のことが苦手なんだなぁとか、反対に好きなんだなぁとか、そういうところを知らん顔して見てるイヤな観客なんです。

でも「!」の引き出しっていうのは、それに似た関係性やそのものが目の前に再び現れないと、もう一度開けられることはほとんどありません。特に最近は上書きされる出来事が多いからか、単に老化か、脳のハードディスクはパンパンです。たぶん、僕は容量が一ギガぐらいしか元々ないのでしょう。

そういえばさっき、フジオで尾崎豊の「卒業」が流れていました。いまどきのラジオでかかるのは意外と珍しいかもしれません。それでなんとなく聴いていたら、ようやくというか、ふと思い出した言葉がひとつありました。

それは、まだ尾崎豊さんが死んで間もない頃。ある音楽番組内のVTRで矢沢永吉さんがニューアルバムの宣伝のためにテレビインタビューを受けてたんです。

ひと通りのアルバムの話と、いつもの昔話。矢沢さんのインタビューで昔話をしないインタビューって見たことないです。ほんとに。インタビュアーも必ず訊きます。キャロルのこと、ソロになって間もない頃のこと、渡米のこと、バラエティー番組とかだったら伝説の検証とか。

それでその日は気の利くインタビュアーだったのか、その人は矢沢さんに死んだ尾崎さんのことを突然、訊いたんです。たしか、渋谷陽一だったかな。ハードディスクはパンパンです。

そしたら矢沢さんは、一瞬悲しそうな顔をして、「やっぱり死んだらダメだよね。そこで終わってしまうから。もったいないよね」というようなことを言ったんです。

二人はほとんど接点はなかったと思います。全然知りませんけど。

当時すでに中年の域に達しながらもまだピリオド

を打つ予定などまったくないロックスターが、図らずも若くして突然ピリオドを打ってしまったロックスターに贈った言葉。

そのとき、僕は反応したんです。ふだん、人前で話さない話題を何かの拍子に話した瞬間って、その人のプライベートのときの考え方が出てしまうと思うんです。

特に人前に出る人。ベテランになればなるほど、仕事のときの意見の落としどころっていうのは巧みです。この巧みさはずるさの場合もありますが、ほとんどは配慮の場合が多いです。でも、話し慣れない内容のことを人前で話すときって、配慮ももちろん出ますが、ギザギザした一人の人間としての態度が出てしまうように思うんです。

僕も仕事柄、インタビューを受けることがありますが、だいたい、訊かれることは決まってます。そのとき、ああ、この話やったらこの答えやなというふうに、まるで古典落語みたいに同じ答えをそのときの空気で再現してる自分がいます。しかし、模範解答を持ってない問いをふいに受けた場合は、思わず出ます。例のギザギザが。

これは予想ですが、矢沢さんのあの言葉の端っこには「ずるいよ、死ぬなんて」っていうニュアンスがあったのではないかと勝手に思うんです。

死んだら終わり。カットアウト。それって人生がパッケージングされた瞬間ですよね。尾崎豊っていう二十六歳のロックスターはこれ以上、もう更新することがない。生き恥さえもこれ以上は、かくことがない。

言ってしまえば、永遠の二十六歳を手に入れてしまった。漫画でいったら二十六巻で物語が完結してしまった。

尾崎さんの死に方は、決して幸せな死に方ではありません。本人にとって、その家族にとって、熱心なファンにとって、悲しい結末です。誰もそんな死に方は望んでなかったと思います。

でも、ロックスターというイメージの中の世界では、その悲しい最期も伝説になってしまいます。あくまで、古い退廃的なロックスターのイメージの世界ですが。

ロックスターの道を一生懸命に四十代まで走ってきていた当時の矢沢さんは、幸か不幸か二十代で永遠のイメージを手に入れてコースアウトしたかたちの尾崎さんにちょっとだけ嫉妬したんじゃないかと思うんです。

継続することのしんどさ。矢沢さんがソロで活動し始めたのは、奇しくも尾崎さんが亡くなったのと同じ二十六歳。それから矢沢さんがキャリアの中で経験してきた山あり谷ありを思い返すときに、尾崎さんの幕の引き方はコースアウトしたように映ったのかもしれません。

「尾崎、本当の人生はこれからだったのにな……」

という思いを、業界の戦友になりそこねた男に対する〈寂しさ〉として矢沢さんは感じたんじゃないかと思うんです。

人前に出て、肉体を使って表現する人間の葛藤。たとえば、ライバル。たとえば、世間。それから、自分自身。そして、老い。カリスマたちの幕の引き方はケースバイケースかもしれないですが、矢沢さんは最後まで矢沢永吉をやりきるんじゃないかと思います。いちファンとしてそう願っております。

こじらせおっさん

いっとき、「こじらせ女子」という言葉が脚光を浴びました。こじらせとは、簡単に言えば、自意識過剰のことではないでしょうか。情報や妄想ばかり先行して、実践する勇気が減退してしまう状態。実践が伴わなくなってしまうと、正当な自己評価になかなかつながりません。ときにはプライドだけ高くなったり、必要以上に自分を卑下したり。

そんなの簡単にできたら苦労しませんよ、というこじらせ女子たちの声が聞こえてきそうなので、今日はこじらせ男子。いや、こじらせおっさんのことを話します。

こじらせおっさん、街に増殖中です。僕自身、そうなんじゃないかと思います。こじらせおっさんの見た目はだいたい、個性派気取ってます。

かつてのおっさんは、もう三十歳ぐらいからザ・おっさんな恰好をしていたような気がします。伸ばしていた髪も切って、大人びた恰好をして就職した世代。つまり、父親がまだ戦争体験者だった世代。軍隊教育の名残がまだあった社会の若者たち。そんな彼らのあいだでは〈若さは未熟〉だったんじゃないかと思うんです。若者っぽいということはガキっぽいという認識だったのではないでしょうか？

彼らが三十歳になっている頃には、早々に若者ファッションと決別していたように思います。大人になるということは、ルックスも落ち着くということ。

僕が子どもの頃はジーパンをはいている中年の男の人はほとんどいませんでした。いま、僕は中年です。しかし、いまだジーパンしかはいたことがありません。かつての時代だったら、親や先輩や同僚からバカにされ、軽蔑されていたことでしょう。僕も恥ずかしさを感じて、スラックスなんかをはいているのではないかと思います。

本当は今の時代でも十分、恥ずかしいことなんだと思います。僕がジーパンばかりはいている理由は、簡単です。ファッションへの怠慢です。

今はこの怠慢が通用する多様な価値観の時代です。たとえば、七〇年代の革命、八〇年代の斬新、九〇年代の飽和、二〇〇〇年代の無秩序という変遷（あ、勝手にまとめました）を経て、迷惑さえかけなければどんな格好でもオールＯＫという時代になりました。

特に二〇〇〇年以降はインターネットによって多様性のパンドラの箱が開けられ、すべての情報の入口がEnterボタンを押したら現れるようになりました。

かつては、調べる術がすぐ近くになくて、想像力の中で育まれていたような伝説や偉大なる誤解も、今では等身大の答え合わせが簡単に行われてしまいます。それを中学生がしています。おっさんたちが伝説伝説と騒いで、かつては下の世代がそれを伝達でしか確認のしようがなかったような出来事が、今は動画で確認することができます。

「へ？　これのこと？」とその伝説を動画で見てしまった現代の若者は、そのしょぼさに鼻白みます。おっさんたちが我が身の保身と青春の思い入れで作り出していたファンタジーだったということが、バレ始めています。

しかし、行動力が伴ったひと手間ある出来事は、逆に簡単に神格化されてしまいます。〈神なんとか〉と呼ばれるケースをよく聞きます。これは、「ネットで何でも調べられる」と信じきっている人の想像力の飛距離の短さを表しているのかもしれません。

Enterボタンを押した瞬間に実は〈想像力〉と〈行動力〉を僕たちは同時に失っているのだとしたら、そういうふうに小手先で処理できないことを即、神とあがめる理由に納得がいきます。

話が大きくずれましたが、僕はそんななんでもありの時代に甘えて、ジーパンをはき続けているわけです。なんとなく、こじらせおっさんが気になりだしたのは、少しおしゃれな大型ショッピングモールやピースフルな音楽イベントに行ったときでした。

お母さんと子どもたちはいわゆる普通のユニクロのような服装をしているのに、お父さんのキャラだけがやけに立ってる家族が多いなと感じたのです。僕だけかもしれませんが。

ヒゲ、メガネ、帽子のおなじみ三点セットのほかに、ピアス、タトゥー、ロン毛、後ろポケット鎖ジャラジャラ、金髪など、「やんちゃな俺」「おしゃれな僕」な男性が奥さんと子どもたちを差し置いて、一人だけねり歩いてるように見えたのです。

冷静に見たとき、彼らは自己愛や過剰な承認欲求をまとっていることがわかります。また、本人もそれをよしとしてねり歩いているような部分も感じます。

無個性な恰好になりきれないこじらせおっさんの典型。

自意識過剰という部分では、自らの見た目をジャンル化することで満足を得ているわけです。ただ、ここで大きな気づきがひとつあります。

最初に少しお話したこじらせ女子とこじらせ男子の最も違う部分があります。それは、こじらせ女子が受身の象徴だとしたら、こじらせおっさんは能動の象徴だということです。

こじらせおっさんはやりたいことをガンガン強引なほどにやってきた人種に多いような気がするんです。仕事も自己流、家庭も早々に持って、趣味に没頭するような人種。

つまり同じ自意識過剰のこじらせでも、まったく正反対の性質のものではないかと思います。キャラクター的に言えば、こじらせおっさんは自信が過剰にある人で、こじらせ女子は自信があまりない人。

そういう独自の恰好に身を包んだお父さんは、足元に気をつけたほうがいいと思います。上を向いて歩こうではなく、上を向いて歩きすぎです。たまには、下を向いて歩いているほうが人間的にかわいげがありますよね。

こじらせという状態の打破は、最高の自分と最低の自分の両方を知ることにヒントがあるような気がしています。

たくさんの人がなんとなくそうなる

さっき、キャラクターの話をしましたが、僕は物事の判断に困ったとき、その問題の当事者たちを架空の漫画のキャラクターに置き換えて考えることがあるんです。

漫画のキャラクターは物語の中での立場がわかりやすくできています。簡潔に言うと、善人キャラか悪人キャラか。基本的にデフォルメされているので漫画の中ではその内面も顔に出ていたりします。

現実世界の当事者たちをそのまま頭の中で漫画化してデフォルメしていくと、その人たちの立ち振る舞いの背景がなんとなく見えてくることがあります。「あれ？　この人、物語の中の登場人物やとしたら、完全に悪いほうのキャラやん」とか、「この人、今は苦しんでるけど、これって主役の人の話の途中の箇所ちゃうの」とか。

あいまいかもしれませんが、その人の醸し出すキャラクターに予感がするんです。

人の印象っていうのも、そこに起因することが多いです。たとえば、誰かのことを思い出すとき、その人の顔を頭の中でデフォルメ気味に描いてみます。そのとき、想像上のその人はどんな表情で描かれたか？

その表情というのは、自分が感じているその人の印象なんだと思います。

やわらかい表情、険しい表情、不安げな表情、ぼーっとしてる表情、大笑いしてる表情、まっすぐすぎるような目の表情などなど。

たとえば、僕がある友人を思うとき、その人はいつも大きく口を開けて笑っています。しかし実際に会うと、その人は基本的に眉間に皺を寄せて険しい顔をして過ごしています。

この印象と実際の違いは何でしょうか？　僕とその人は若い頃、よく時間を共にしていました。その頃、その人はよく笑っていたのです。ガハハと大きな口を開けて。

いま、その人とは本当にたまにしか会うことがありません。会わないあいだにその人は不安神経症のような感じになってしまいました。会えば、不安や不満を僕に話します。目の前には険しい顔をしたその人の顔があります。

でも、会わないときに頭の中で描くその人の似顔絵は笑ったままです。若い頃のあの表情が僕のその人の印象なのでしょう。本質的にはその人は笑顔の人なんだと思い込んでいる僕がいます。

キャラクターの話を続けると、キャラクターそれぞれの配置の取り方というのもあるのではないかと思います。

たとえば、職場の同僚が同じクラスだったら、修学旅行のバスの座席ではあの人はどこに座るタイプの人だろうか？と考えたりします。

一般的に修学旅行のバスの席は、バスに酔う人、酔わない人を基準に配置が決まりますが、僕の学校の修学旅行の場合は、酔う、酔わないの配置が決まったあとは、希望の席を自己申告するという決め方でした。

それによって出来上がる席順というのは、なんとなくクラス内の勢力分布図のようなかたちになっていました。

一番前は、虚弱で大人しいグループ。その次の前方エリアは個性派独立系グループ。真ん中のエリアは健康で素直な中庸グループ。その後ろには、やんちゃグループにはなりきれないけど異性を目一杯意識したグループ、一番後ろには発言力の大きいやんちゃグループ。発言力の大きさというのは多くの場合、腕力ではなく、ムードを支配できる人間力だと思います。芸能界でいうと、俳優や歌手ではなく、意外とお笑いのトップの人がそういう席に座るのではないかと思います。

もちろん、学校に通っていた時期と社会に出てからのキャラクターがまったく違う人はたくさんいます。むしろ学生生活をエンジョイできなかった人のほうが圧倒的に社会に出てから伸びると僕は思っています。

こじらせまくりの鬱屈した十代を過ごした人が貯めこんだエネルギーは、その鬱屈が深ければ深いほど、社会に出たときのジャンプ力となるはずです。

冷たいけれど、圧倒的に学校より価値観が広く開放されている自己責任の社会。親元を離れて家事が他人ごとから自分ごとになったり、新しい友達が運んできた価値感に触れたり、初めて付き合った人の見えなかった事情に触れたりと、出会う人が多ければ多いほどその多様性に触れることになります。

その多様性と自身の鬱屈がうまく機能すると、とてもいいかたちに〈化ける〉人がいます。

実際の修学旅行のときはどうだったか知りませんが、僕は先ほど挙げたようなエリア別の座席に色んな人をあてはめてキャラクターを楽しんだりします。趣味悪いですね。

間違った座席に座らせてしまうこともあるかと思いますが、その人のキャラクターはどのエリアに座っている人なのかが見えたとき、その人のことを客観視できる場合があります。

もっとも、キャラクターというのは立場や関係性によって微妙に変化するものです。公の場所でのキャラ、家庭でのキャラ、職場でのキャラ、友達といるときのキャラ、恋人といるときのキャラ、キャラがかぶってしまったときのキャラなど。

それぞれの場合で横柄だったり、おとなしかったり、卑屈だったり、調子がよかったり。目の前の人との関係性やその場所における立場によって、自分のキャラクターは構築され、変化します。

職場や学校で最初は大人しいキャラだった彼が、ある出来事をきっかけに一気にお調子者になったり、元気キャラの彼女がそのキャラに疲れたのか無口キャラに落ち着いたり。

しかし、もっとも大きくキャラクターが変わる瞬間というのは、血のつながった家族と接するときかもしれませんね。素のキャラ。

他者との関係性というものは意外と危うくて、シーソーみたいな感じです。キャラが一貫している人はこのシーソーのバランスがすごくうまいか、最初から自分が浮くことをしない人かのどちらかでしょう。

職業柄、文章を書く人と会うことも多いのですが、文章がシリアスで小難しい文体の人とお会いしたときに、実際のその人の仕草や持ち物、話す内容がゆるゆるでむしろ頼りない印象を受けることがたまにあります。そのとき、僕はなぜかすごく嬉しくなります。その人が少し愛おしくなります。

ふと垣間見える一生活者としての姿。そういう緩急の振り幅のある姿勢を感じるとき、僕はその人を信用します。文章はあくまでその人の文体（芸風みたいなもの）で、人間らしい部分を抱えている人が僕は好きです。自分の文体に酔ってしまって私生活もその暗示にかかったまま過ごしているような人は、一流の服を着たときに簡単にその服に人格を乗っ取られてしまうような人だと思っています。要するに、ブランドを自分のパーツにできる人ではなく、ブランドという暗示に呑まれてしまう人です。

人の思想は姿勢が語っています。服装も歩き方も目の動きも表情も。それは口ではどう言ってても、文章ではどう書いていても、実物が醸し出している雰囲気がその人の思想のベクトルを具現化しているのだと思います。

子どもの頃、親から、人は見た目で判断してはいけないと言われたものですが、判断する目を養えば、人は見た目で判断すべきです。

でも、そのためには想像力が必要です。相手の言動の端っこから垣間見えるその人の〈底知れなさ〉を想像することが大事なんだと思うんです。

誰かが君のことを見ていてくれるし誰も君のことなんか見ていない

若い頃、誰かに会うたびに「人間は素晴らしいと思うか？　ろくでもないと思うか？」というアンケートを地味にコツコツとっていた時期があります。その人のものの見方の初期設定がわかるような気がしたからです。

おおよそですが、素晴らしいと言う人は、肯定的に物事を見る、行動的な人が多い気がしました。ろくでもないと言う人は、否定的に物事を見て、あきらめながら生きている人が多い気がしました。

そのどちらでもないと言い出すような人は、単位が人間ではなく、他人と自分という単位で話をするような人が多い気がしました。他人はろくでもないかもしれないけど、自分は素晴らしいという雰囲気の人。

人が出している雰囲気というのは、子どものときから本能的に誰でも勘づいていることだと思うんです。むしろ子どものときのほうが対等に接してもらえないぶん、大人の隙と底がキャラクターを通して、透けて見えていたと思います。

弱い動物が強く見せたがるように、人間も気弱な人は強面に見せようとするし、知性にコンプレックスのある人はアカデミックなイメージで売ろうとするし、ダサい人ほどシティボーイを気取りたがる傾向にあります。

この一連の図式を、僕たちは本当はあらゆる場面で目撃しています。当たり前のように出くわしすぎて、肌感覚では感じているのに、構造は忘れがちなのかもしれません。漫画やテレビの中にもこの図式はあふれていて、キャラクターの決定づけにこの構造は機能しています。

でもいつの間にか、僕たちは進んでこの図式の実践者となり、〈強く賢くカッコよく〉生きようとしてしまいます。

たぶんこれは、気弱だと損をし、バカだとさげすまされ、ダサいとモテないからでしょう。自分の存在を守る術として、強く賢くカッコよく生きるのだと思います。

この図式が成立する背景には、弱くてバカでダサい人を嘲笑する、さらに弱くてバカでダサい人々の存在があります。そのスパイラルは、ずっと幼い頃から集団の中で存在してきたように思います。


水が低いほうへ低いほうへ流れていくように、寂しさを抱えた者は優位性を求めるアクションを起こします。これも承認欲求なのでしょう。

人間は寂しい気持ちになったとき、自分に甘くなります。暴飲暴食に走ったり、財布の紐が緩くなったり、考えが自分本位になったり、犯罪に手を染めたり……。こんなに自分は寂しい気持ちになってるんだから大目に見てよ、という気持ちが芽生えてしまうのかもしれません。

寂しさのない人間はいません。寂しさのない社会もやっぱりありません。ときに寂しさがパワーとなって、カリスマが生まれるのだと思います。ついでに、こじらせおっさんも生まれるのだと思います。

寂しさは、他者の存在があってはじめて生まれるものです。認められたい、好かれたいという気持ち、嫉妬などは、社会という集団生活の中で膿《うみ》のように生まれます。

必ず誰かが君のことを見てくれているから頑張れ、という言葉があります。その一方で、誰も君のことなんか見ていない、という言葉もあります。どちらも真実です。そして、どちらも寂しさの上に覆いかぶさっているような言葉です。

誰かに見てもらうには、行動で小さな足跡を残すことが必要です。何もしないと見られようがありません。

しかし、人間は本質的には他人に興味がないのだなと感じることもよくあります。誰かが興味の対象になるときは、見る側の都合を満たす要素がどこかに入っていることが多いのではと思います。

それは、興味の対象がお金を生み出すかどうかの判断もあるだろうし、単純に自身の快楽につながっているときもあるだろうし、自分が良く映るための道具のときもあると思います。

いい仕事や作品を残しても、相手にそういう旨味を感じさせられなかったら、反応が薄かったり、そもそも情報自体が遠くまで飛んでいかないことがあります。

ＳＮＳではかわいいものを筆頭に、美味しそうなもの、カッコいいもの、面白いものの情報はリツイートや「いいね！」によって、どんどん遠くに運ばれていきます。その運び屋たちは、お気に入りの情報を自分のアカウント上でアクセサリーのように飾りつけていきます。

つまりＳＮＳとは、自己プロデュースの作業なんだと思います。何を投稿するか、しないか。何をリツイートするか、何を「いいね！」するか。どれだけの情報が〈自分のため以外〉の目的で運ばれているのでしょうか。

世の中は本当にわからないなぁと感じることがあります。ある時期、四人の有望な女性シンガーソングライターが一斉にインディーズＣＤを出したことがありました。そのほとんどがまだデビュー間もない頃で、僕の店でも平台で彼女たちのアルバムを隣り合わせに並べました。

その中の一人がその爽やかな作風とアイドル的ルックスで頭ひとつ売れていました。その他の三人を売れていた順に紹介すると、一人は、いわゆるこじらせモテない文化系女子イメージ、一人は、地味ですが芯の強そうなイメージ、一人は、過激な歌詞とインパクトの強いビジュアルイメージ。

さて、この四人の二年後です。いちばん売れていなかった過激系の人がメジャーデビューしていちばん売れ、こじらせ系の人はどんどんきれいになりしっとり系に進化し、地味だった人はそのまま変わらず地味でしたが、アイドル的人気だった人は活動に煮詰まって休んでしまうというかたちになったのです。

現在はそれからまた時間が経過し、その四人はそれぞれのペースで活動しています。彼女たちを取り巻く状況は、また予想しない方向に少しずつ変わっていくのだと思います。いちばん地味だったあの人がいちばん活躍している時代がこの先待っていることも十分にありえます。

長いスパンで考えたとき、最終的に歴史のみが証明をしてくれるのだなと思います。空気を切った人が名を刻み、空気に呑まれた人が風化していく。

まばたきのしあわせ

ある生活提唱家は、たくさんの読者に生きるヒントを授けてきました。しかし、その人自身の生活はストレスに満ちていたそうです。家族には愛想をつかれ、仕事場では孤立し、心の行き場がどこにもなかったそうです。

隣の芝生は青く見えるとはよく言ったもので、楽しそうに家族で笑っている人や金銭的に恵まれている人は、とても幸せそうに見えます。

でも〈そう見えるだけ〉なんだろうと最近思います。そうはいっても、自分よりかは幸せだろうと考えてしまいますが、それぞれの事情と感情がある以上、悩みの深刻度を測る物差しは存在しないのではと思います。人から見たらなんでもない悩みも本人にとってはアイデンティティーが崩壊しかねない問題だったり、自分ではなんとも思ってないのに実は人から気の毒がられている事柄だったり、人の悩みというのはいつも予想を超えています。

キャラクターは見た目から判断できますが、悩みは本当に千差万別です。人間の数だけ悩みのオリジナルストーリーがあって、それぞれの喜怒哀楽が詰め込まれています。独り身の人も恋人といる人も家族といる人も、他者とのふれあいの中で感情の波を泳いでいます。

そういえば、山田洋次という監督がおられます。山田さんの代表作『男はつらいよ』シリーズは人情喜劇と認識されますが、家族の事情の話でもあります。

車寅次郎という家族の腫れ物のような存在の男性が、旅のついでにぷらっと実家に寄ったときに起こる摩擦劇。

家族は寅次郎が実家にいた頃と同じペースで小さな変化の中で生活しています。そこへ、そのペースとは違う、旅先で身についた奔放なムードを携えた寅次郎が突然、顔を出します。そのムードの違いは、寅次郎には問題提起の種となり、家族には事情を知らない者の横やりとなってしまいます。

そのようなムードの違いは、中途入社の人が新しい職場で感じるものに近いと思います。

仕事上での対人関係には、遠慮や退職という距離の取り方が存在しますが、家族はそうはいきません。

言いたいことを言い合い、お互い自分の家なんだからと自由を主張し、こじれても簡単には他人になれません。また、関係が近いぶん、相手への想像力が働かなくなり、尊敬を忘れてしまうこともあります。

これは、職場でも上司と部下の関係にはよく起こることだと思います。最初は尊敬していたのに、その人の人間じみたところに触れすぎて、最初は客観的に見ることができていたオフィシャルな顔を、身内の人が外面でやってるとしか見れなくなっていきます。

また、近い関係性の中では〈甘え〉という許容範囲が生まれます。同僚だから家族だから友人だから恋人だからという特例が発動されます。仕事場で、愛の巣で。特例を与える側は好意や善意で行い、特例を受ける側は感謝から習慣になっていきます。

習慣になると、職場でも家庭でもいろんなことを許してもらおうとする時間が生まれます。実はとても危ういバランスだったものを、甘える側が自ら壊してしまうのだと思います。

当然、甘えさせていた側は異を唱え、トラブルになります。そういうとき、トラブルは他人同士のほうが解決しやすい場合があります。

山田監督は、あるインタビューでこんな感じのことを話しておられました。

「家族っていうのは、誰もが生まれたときから所属している集団で、その距離がとても近いぶんだけ、それぞれが大人になるといちばんコミュニケーションの取り方が難しい。でも同時に家族は、他者へのちょっとしたものの言い方の練習場所として機能しているのではないだろうか」

同じ屋根の下で生活していかなければならない場合、気まずいときは挨拶ひとつとってもそのニュアンスに微妙なテクニックを要します。まるで心理学に向かい合うような感情コントロールを問われます。

本の中でわかったようなことを書いている人が、講演でもっともそうな発言をしている人が、本当に満たされた幸せな生活をしているのかはわからないものです。

ベラベラと話してきた僕は、自業自得の人生真っただ中です。目の前の悩みと真剣に向き合えば折れてしまいそうです。だから僕は、一瞬の幸せに生きようと思っています。

ラジオからいま、坂本九の「上を向いて歩こう」が流れてきました。